KB070385

단
한
사
람

단
한
사
람

최진영 장편소설

한겨레출판

차
례

나무로부터

작은 섬에는 작은 열매를 좋아하는 작은 새가 많았다. 새는 섬 곳곳을 날아다니며 열매를 먹었다. 새의 몸을 통과하고도 파괴되지 않은 씨앗은 흙 위에 떨어졌다. 씨앗은 파묻혔고 수많은 동물이 그 흙을 밟았다. 다람쥐처럼 작은 동물은 씨앗을 모아 곳곳에 숨겼다. 숨겨둔 씨앗을 까맣게 잊고 거듭 숨겼다. 그중 어떤 씨앗은 움텄다. 새싹이 올라왔다. 새싹 근처에는 새싹이 많았다. 동물은 새싹을 밟았다. 새싹은 죽지 않았다. 새싹은 흙과 비와 태양으로부터 스스로 양분을 구하며 수십 년 동안 뿌리와 줄기를 만들었다. 새싹은 어린 나무가 되었다. 그 맞은편에는 비슷하게 어린 나무가 있었다.

넌 어디에서 왔니.

어린 나무가 물었다.

넌 어디에서 왔니.

맞은편 나무가 되물었다.

너도 모르는구나.

그걸 아는 존재가 있어?

나는 지렁이를 좋아해.

나는 달팽이를 좋아해.

여긴 달팽이가 참 많지.

많은 게 뭐지?

부족하지 않다는 뜻이야.

부족하다는 건 뭐지?

앞으로 우리가 겪게 될 것.

넌 그런 것을 어떻게 알아?

어린 나무는 주변의 키 큰 나무를 올려다보며 답했다.

저기 높은 곳의 새들에게 들었어.

나도 새소리를 들었어. 주로 이런 말을 하던데. 조심해.
위험해. 가까이 오지 마.

그게 바로 부족하다는 뜻이야.

부족하면 가까이 있을 수 없어?

우리 사이가 지금보다 조금이라도 가까웠다면……

어린 나무는 말을 잇지 못하고 맞은편의 나무를 가만히

바라봤다.

좋았을까?

맞은편 나무가 나뭇잎을 마주쳐 바스락 소리를 내며 물었다.

둘 중 하나는 죽었을 거야.

그 말을 듣지 못한 척 맞은편 나무는 키 큰 나무를 올려다보며 속삭였다.

들어봐. 지금 새가 외치고 있잖아. 여기야. 이리 와.

나무는 새의 소리를 해석하듯 잠시 멈췄다가 이어 말했다.

이곳은 안전해.

두 나무는 서로를 거울처럼 바라보며 같은 속도로 자랐다. 그들은 작고 야위어 100년이 넘도록 키 큰 나무의 그늘에 있었다. 바람이 키 큰 나무의 무성한 나뭇잎을 흔들면 그들이 죽지 않을 만큼만, 포기할 수 없을 만큼만 두 나무의 이파리에도 빛이 들었다. 봄과 여름, 가을과 겨울, 번개와 태풍, 가뭄과 혹한, 폭우와 폭설이 바다를 건너 차례차례 작은 섬을 드나들었다. 어느 날 어린 나무의 푸른 이파리 틈에서 하얀 꽃이 피었다. 나무는 두려움을 떨쳐내려고 맞은편 나무를 바라봤다. 그곳에도 꽃이 있었다.

나쁜 징조일까?

자연스러운 거야.

나쁜 징조라고?

이제 우린 더 가까워질 수 있어.

그럼 좋은 징조잖아.

그렇게 나눠서 말할 순 없을 거야.

300년이 지나고 다시 300년이 지났다. 긴 세월 꽃을 피우고 열매를 맺은 두 나무는 더는 작은 나무가 아니었다. 키 작은 나무들은 그들의 그늘 속에서 그들을 우러러봤다. 그들의 무성한 이파리를 통과해 잠시라도 자신에게 닿을 빛을 참을성 있게 기다렸다. 그들의 그늘에서 무수한 새싹이 죽고 어린 나무가 성장을 단념하는 동안, 그들의 줄기에서 수많은 곤충이 알을 낳고 영양을 얻고 추위를 피하는 동안, 그들의 수관에서 수많은 새가 사냥하고 새끼를 키우고 전투를 치르는 동안 두 나무는 매일매일 조금씩 가까워졌다. 그들은 이제 새의 말을 거의 알아들었다. 새들이 전해주는 먼 세계의 소식을, 믿을 수 없는 이야기를 듣고 싶지 않을 때도 묵묵히 들었다. 새들이 전해주는 바다 생명체 이야기는 들을 때마다 놀라웠다. 새들은 말했다. 키가 더 자라면 바다를 볼 수 있을 거야. 새들이 전해주는 사람이라는 종족 이야기는 기괴했다. 사람은 일부러 불을 일으켜 숲을 태우고 그곳에 새로운 풀을 심는다고 했다. 두 나무는 불을 알았다. 불은 저절로 발생했고 오래 지속되지 않았다. 불은 나무의 수액을 빨아 먹는 곤충과 죽은 나뭇가지를 없앴다. 나무껍질의 상처를 소독하고 나무를 병들게 하는 세균을 죽였다. 어떤 불은 폭우보다 시원했다. 불은 숲을 청소할 뿐 통째로 삼킬 수 없었다. 숲의 수많은 존재가 그것을 두고 볼 리 없었다. 두 나무는 새들의 허풍이 심하다고 생각했다. 자기들을 놀리거나 겁주려고 사람과 불의 이야기를 지어냈다 믿었다. 새들은 말했다. 키가 더 자라면 사람들이 하는 일을 볼 수 있을 텐데. 그러나 그들은 이제 위가 아닌 옆으로 성장하고 싶었다. 두 나무의 끄트머리 이파리는 이미 맞닿아 있었다. 그들은 성장을 멈추지 않았다. 너의 꽃과 나의 꽃을 구분할 수 없을 만큼 가까워지고 싶어서.

꽃이 지고 열매가 익어가던 어느 가을, 새들이 낮게 날며 비명을 질렀다. 조심해. 위험해. 모든 것을 버려야 해. 머지않아 지금껏 경험해 보지 못한 거대한 태풍이 바다를 밀어내며 섬으로 들어왔다. 거센 비바람은 숲을 통째로 뽑아버릴 것처럼 쥐고 흔들었다. 두 나무는 땅속 깊은 곳에서 서로의 뿌리를 마주 움켜잡았다. 바람이 몰고 오는 돌과 나뭇가지와 갖가지 위험을 피하지 못한 채 버티고 버티고, 간신히 버텼다. 멀지 않은 곳에서 천둥소리. 연이어 땅이 갈라지고 터지는 소리가 울렸다. 수많은 나무가 우러러보던 고목, 숲의 시간이자 지혜인 나무가 쓰러졌다. 수관만큼 광대한 뿌리가 땅 위로 솟아올랐다. 고목이 뿌리째 뽑히는 순간 숲의 존재들은 비로소 깨달았다. 그것은 이미 죽어 있었음을. 죽은 채로도 오랫동안 숲을 지켜왔음을. 근처 나무들은 고목에 깔리고, 부러지고, 동강 나고, 파묻혔다. 돌덩이가 구르고 땅이 꽝꽝 울었다. 나뭇가지들이 화살처럼 날아와 두 나무를 후려쳤다. 가지가 잘리고 이파리는 휩쓸리고 수피는 찢어졌다. 두 나무는 서로의 뿌리를 더욱 움켜잡았다. 가지와 잎과 줄기가 사방으로 흔들렸다. 어떤 가지는 비바람에 순응하고 어떤 가지는 저항했다. 이파리와 가지와 뿌리의 뜻이 저마다 달라서 산산조각 나는 것만 같았다. 갈기갈기 찢어져 사방으로 흩어질 것만 같았다. 커다란 소리가 연이어 울렸다. 키 큰 나무들이 순서 없이 뽑히거나 부러졌다. 태양 빛을 선점하여 더 빨리 더 높게 자라던 나무들은 그들이 누렸던 것만큼 비바람에 취약했다. 키 큰 나무의 그늘 속에서 천천히 자라던 나무들은 평소에 누리지 못한 만큼 보호받았다. 태풍이 몰고 온 온갖 위협 속에서 두 나무는 서로 뿌리를 움켜잡고 가지를 끌어안으며 다짐했다. 봄이 오더라도 새잎을 만들지 않겠다고. 그리고 다짐했다. 봄이 오면 마지막인 것처럼 더 많은 꽃을 피우겠다고. 이어 다짐했다. 열매 따위 맺지 않고 뿌리에만 모든 것을 쏟아붓겠다고. 다시 다짐했다. 더 많은 열매만이 다른 세계에 닿는 유일한 방법이라고. 갈피를 잡을 수 없는 다짐을 번복하고 반복해도 비바람은 멈추지 않았다. 거대한 태풍은 숲을 손아귀에 구겨 쥐어 바다 한가운데로 내팽개치려고 했다. 뿌리가 있어 움직이지 못하는 숲의 존재들이 한 번쯤은 은밀하게 꿈꾸던 그 바다로.

다음 해 봄. 두 나무는 정지했다. 죽음을 흉내 내는 방법으로 죽음의 눈에 띄지 않으려는 듯. 짙푸르고 무성한 잎을, 생명을 뿜내는 꽃을, 삶을 퍼트리는 열매를 단 한 번도 가져보지 못한 나무처럼, 태풍이 구겨버릴 삶은 거기 없는 것처럼, 그들은 죽은 듯이 살기로 했다. 더는 자라지 않고 그대로 멈추려고 했다.

하지만 쏟아지는 빛은 달콤했다. 물과 양분을 머금은 흙은 풍요로웠다. 바람에 묻어오는 향기는 감미로웠다. 숲의 모든 존재가 삶을 내뿜었다. 죽은 존재조차 삶에 조력했다. 300년에 300년을 더한 삶이었다. 두 나무는 살아가는 방법만을 알았다. 그들은 삶을 거부하는 서로를 지켜볼 수 없었다. 하나의 나무가 토하듯 푸른 잎을 밀어내자 맞은편 나무도 그렇게 했다. 하나의 나무가 폭발하듯 흰 꽃을 피우자 맞은편 나무도 그렇게 했다. 그들의 뿌리는 엉켜 있었다. 그들은 죽음에 몰두할 수 없었다.

　300년에 300년이 지났다. 태풍과 폭설과 가뭄과 혹한은 반복되었다. 많은 것이 바다를 지나 섬에 닿았다가 다시 머나먼 세계로 떠났다. 이동하는 존재들은 섬에 무언가를 옮겨두고 섬의 무언가를 가져갔다. 허풍쟁이 새와 진지한 새와 예언하는 새와 수다쟁이 새들은 두 나무의 풍성한 수관에서 사랑을 고백하고 알을 낳고 어린 새에게 날갯짓을 가르쳤다. 평화로운 날들이었다. 두 나무는 죽음을 잊었다. 가끔 어딘가에서 고목이 쓰러져 땅이 울어도 이제 그것은 죽음이 아니었다. 그저 쓰러진 것. 다른 상태로 몸을 바꾼 것. 두 나무는 충분히 가까워 하나처럼 보였다.

수다쟁이 새들이 몰려오더니 하늘을 맴돌며 요란하게 떠들어댔다.

저기서 온다. 가장 빠른 것들이 온다. 징그럽게 시끄러운 것들이 온다. 어서 숨어라. 빨리 달려라. 멀리멀리 도망쳐. 내 친구가 짓밟혔어. 내 친구가 없어졌어. 내 친구가 죽었어.

달릴 수 있는 존재는 달렸다. 숨을 수 있는 존재는 숨었다. 날 수 있는 존재는 멀리 떠났다. 나무들은 기다렸다.

머지않아 두 발로 걷는 사람들이 나타났다. 어떤 사람들은 말의 등에 앉아서 이동했다. 그들은 숲의 언저리부터 파고들었다. 두 나무는 먼 곳의 기괴한 소리에 귀를 기울였다. 나무로부터 흘러나오지만 나무는 낼 수 없는 소리가 바람에 실려 왔다. 움직이는 생명들이 몰고 온 소문을 두 나무는 도저히 이해할 수 없었다. 날카로운 것으로 나무를 단숨에 쓰러트린다고 했으니까. 나무를 쓰러트릴 수 있는 것은 나무보다 거대한 번개나 비바람, 세월 같은 것이었다. 또는 균처럼 섬세하고 집요하고 보이지 않는 것들. 아무리 덩치 큰 동물도 나무를 일부러 쓰러트리지 않았다. 그건 쓰러트리는 존재를 포함하여 숲의 모든 존재에게 위험한 일이었다. 그런데 말보다 작은 사람이 그것을 한다고 했다. 나뭇가지를 꺾는 정도가 아니라 나무를 단숨에 통째로 없애버린다고. 나무들은 기다렸다.

소리는 하루하루 가까워졌다.

마침내 사람 무리가 나타났다. 작고 시끄럽고 한없이 연약해 보이는 그들은 정말 나무를 쓰러트렸다. 하나 또는 전부가 아닌 여러 나무를. 어떤 사람은 쓰러진 나무를 들다가 무게를 이기지 못하고 깔려 죽었다. 어떤 사람은 쓰러지는 나무를 피하지 못하고 깔려 죽었다. 어떤 사람은 쓰러지는 나무에서 튕겨 나온 나뭇가지에 찔려 죽었다. 어떤 사람은 그들이 사용하는 날카로운 도구에 잘려 죽었다. 어떤 사람은 어떤 사람에게 맞아 죽었다. 그럼에도 사람들은 멈추지 않았다. 그들은 동물을 죽인 다음 바로 먹지 않고 수레에 실었다. 텅 빈 수레를 나무와 동물로 가득 채워서 떠났다가 다시 텅 빈 수레를 끌고 돌아왔다.

두 나무 근처까지 그들이 왔다. 두 나무는 기다렸다. 사람은 날카로운 도구로 한 나무의 줄기를 찍었다. 찍고 또

찍었다. 나무는 점점 기울었다. 나무는 나무를 바라볼 수밖에 없었다. 나무가 쓰러졌다. 강렬한 고통의 냄새가 나무를 에워쌌다. 사람들은 쓰러진 나무의 가지와 잎을 대충 잘라낸 뒤 줄기를 수레에 싣고 떠났다.

홀로 남은 나무 주변을 뒹구는 푸른 이파리와 나뭇가지.

수수께끼처럼 남은 그루터기.

그와 같은 죽음은 처음이었다.

그처럼 강제적인 죽음은.

세월에 순응해 쓰러지거나 비바람에 뿌리째 뽑히거나 속부터 썩어 마침내 부러지는 나무는 숱했다. 쓰러지고 뽑힌 뒤에도 나무는 그 자리에서 숲이 되었다. 그루터기만 남기고 줄기는 통째로 사라져버리는 기괴한 죽음은 300년이 몇 번씩 거듭되는 동안 단 한 번도 없었다. 숲에서 보고 들은 죽음과 완전히 달랐다. 그러므로 그것은 죽음이 아니었다. 이별 또한 아니었다. 훼손이었다. 파괴였다. 폭발이자 비극이었다.

두 나무의 무성한 뿌리는 땅속 깊은 곳에서 뒤엉켜 연결되어 있었다. 파괴되지 않은 나무는 파괴된 나무의 뿌리를 통해 삶을 나눠 주었다. 조금씩 천천히 지속적으로 자기

것을 나눴다. 100여 년이 흐르자 그루터기에 움이 텄다. 다시 100여 년이 흐르자 줄기가 생겼다. 잎이 돋았다. 파괴된 나무는 부활했다. 나무가 나무를 되살려 다시 두 나무가 되었다. 그러나 이전처럼 서로를 바라볼 수는 없었다. 하나의 나무는 수천 년의 세월만큼 컸다. 움이 튼 나무는 새싹처럼 작았다. 큰 나무는 작은 나무 쪽으로 뻗은 자신의 가지와 잎을 죽였다. 물관과 체관을 막아서 마르고 시들게 두었다. 폭풍이 치면 거대한 수관을 기울여 작은 나무를 보호했다. 작은 나무는 충분한 빛과 부드러운 빗속에서 부지런히 자랐다.

다시 사람들이 왔다. 이번에 그들은 큰 나무를 베어 냈다. 이전보다 훨씬 시끄럽고 날카로운 것으로 단숨에 베어 숲 바깥으로 가져갔다. 작은 나무는 지난 세월을 모두 기억했다. 그러므로 되살릴 수 있다고 믿었다. 작은 나무는 그루터기만 남은 나무에게 자신의 모든 것을 내주었다. 안간힘을 써서 보살피고 보호해 되살리려 했다. 하지만 잎도 줄기도 예전의 큰 나무처럼 풍성하지 않았다. 100년을 기다리고 다시 100년을 기다렸다. 그루터기는 썩어 흙이 되었다. 그 사이 작은 나무는 까마귀의 깃털만큼 자랐다.

줄기는 둘이나 뿌리는 하나로 얽힌 두 나무가 있었다. 한때 그들은 어린 나무들이 우러러볼 만큼 장엄했다. 이제 홀로 남은 숲속의 작은 나무. 수천 년을 살아낸 그 뿌리는 상상할 수 없을 만큼 넓고 깊다. 나무가 둘일 때는 더 자라야 할 이유가 있었다. 자라는 만큼 가까워졌고 둘은 하나가 되고 싶었다. 홀로 남은 나무는 자라지 않았다. 성장을 응축했다. 그는 다시 죽을 수 없다. 베어 내면 그는 움틀 것이다. 어떤 비바람과 불길도 그 뿌리까지 삼킬 수 없다. 지독한 가뭄도 그 중심까지 침투할 수 없다. 숲의 모든 존재가 그 죽음을 두고 보지만은 않을 것이다.

되살아난 그는 되살리는 존재. 그는 그 자리에서 사람에게 파괴된 적이 있다. 그는 그 자리에서 사람을 파괴한 적이 있다.

일어났으나 일어날 수 없는 일

장미수는 신복일과 결속하여 다섯 사람을 낳았다.

그들의 이름은 일화, 월화, 금화, 목화와 목수.

일화와 월화는 두 살 터울 자매로 어릴 때부터 자주 싸웠다. 일화는 싸움에서 이겨 원하는 바를 얻고도 자신이 손해를 본 것 같다고 미심쩍어했다. 월화는 싸움에서 져 원하는 바를 얻지 못하면 자신이 진짜 원한 건 그것이 아니었다는 주장으로 일화를 혼란스럽게 했다. 월화는 일화를 언니라고 부르지 않았다. 일화는 월화를 이름으로 부르지 않았다. 길에서 우연히 만나도 아는 체하지 않았으며 가족 아닌 사람과 대화할 때 서로의 존재를 입에 담지 않았다. 그러나 누군가가 일화를 무시하는 발언을 하면 월화는 참지 않았다. 누군가가 월화를 험담하면 일화 또한 그냥 넘어가지 않았다. 나는 너를 무시하고 욕할 수 있지만 다른 사람은 너에게 그럴 자격이 없으며, 누구라도 너에게 상처를 준다면 절대 용서할 수 없다는 것이 두 사람의 공통된 주장이었다. 어느 날 장미수는 둘에게 말했다. 사람들은 보통 그런 관계를 사랑하는 사이라고 하거든. 그 말에 일화는 고통을 견디는 사람처럼 얼굴을 구겼다. 월화는 차갑게 웃으며 어깨를 으쓱했다. 두 사람은 언제든 싸울 수 있었다.

목화와 목수는 이란성 쌍둥이. 그들이 태어났을 때 일화는 열두 살이었다. 쌍둥이를 처음 만난 날 일화는 자기 방 문고리를 비틀어 쥐고 말했다. 나는 더 이상 동생을 원한 적 없어. 걔들은 내 동생 아니야. 피아노 학원에서 놀다가 해 질 무렵에야 집으로 돌아온 월화는 쌍둥이를 빤히 보며 말했다. 어떡해. 얘들 너무 못생겼어. 금화는 진짜 예뻤는데. 당시 생후 27개월에 접어들어 누군가의 말을 따라하거나 간단한 어휘로 자기 생각을 표현할 수 있었던 금화는 손뼉을 치며 말했다. 어떡해. 금화는 예뻤는데.

쌍둥이가 혼자 힘으로 앉을 수 있게 되자 금화는 병원놀이를 시작했다. 금화는 의사, 쌍둥이는 환자. 쌍둥이가 걸음마를 떼자 금화는 술래잡기를 시작했다. 금화는 도망가고 쌍둥이는 쫓아갔다. 쌍둥이가 말을 하기 시작하자 금화는 학교놀이를 시작했다. 금화는 선생님, 쌍둥이는 학생. 금화는 쌍둥이에게 마음껏 숙제를 내고 야단을 치고 벌을 세웠다. 쌍둥이가 아무리 뛰어도 지치지 않는 나이가 되었을 때 금화는 대장놀이를 생각해 냈다. 이제부터 언니는 대장이고 너희는 부하야. 부하는 대장의 말을 무조건 따르는 거야. 예전과 달리 쌍둥이는 반발했다. 가위바위보를 해서 이기는 사람이 대장을 해야 한다고 주장했다. 금화는 놀라서 대꾸했다. 내가 언니니까 당연히 대장이지. 쌍둥이는 번갈아 가며 말했다. 그럼 우리는 언니랑 안 놀아. 우리는 우리끼리 놀 거야. 우리도 대장 할 수 있어. 금화는 쌍둥이를 가만히 쳐다봤다. 쌍둥이가 '우리'라고 말하는 순간 세 사람 사이에 금이 그어졌고 쌍둥이는 같은 편이었다. 그동안 금화는 편을 나누었던가? 금화는 언제나 쌍둥이를 한편으로 묶었다. 쌍둥이는 환자, 학생, 술래, 손님, 범인, 부하. 금화는 쌍둥이와 같은 편인 적이 없었다. 스스로 그은 금은 불편하지 않았다. 그것은 오히려 금화를 특별한 존재로 만들었다.

쌍둥이가 금을 긋자 금화는 갑자기 외로워졌다. 외롭다

는 감정은 무서웠다. 무서워서 금화는 목수에게 화를 냈다. 야, 너는 남자니까 우리를 누나라고 불러야지! 금화는 '우리'라는 말을 강조하며 목화를 자기 쪽으로 끌어당겼다. 일화도 월화도 금화도 언제나 자기들을 언니라고 칭했다. 목수는 그들을 언니라고 불렀으며 누구도 그것을 문제 삼은 적 없었다. 목수가 혼란에 빠져 울먹이자 목화는 목수를 끌어안았다. 금화는 꼭 끌어안고 있는 쌍둥이를 떼어놓으려 애썼다. 쌍둥이는 서로를 더욱 끌어안았다. 금화는 학습지에서 풀던 '어울리는 단어 잇기' 문제를 떠올렸다. 신발을-신다. 옷을-입다. 모자를-쓰다. 밥을-먹다. 물을-마시다. 금화는 그 문제를 모두 맞혀서 커다란 동그라미를 받았다. 금화는 어울리는 가족들을 이어보았다. 미수-복일. 일화-월화. 목화-목수. 금화와 어울리는 이름은 없었다. 금화는 쌍둥이를 떼어놓으려는 시도를 포기하고 주저앉아 울었다. 그러자 쌍둥이는 저절로 떨어졌고 금화를 달래려고 번갈아가며 말했다. 울지 마, 언니. 미안해, 언니. 우리가 부하 할게. 언니가 대장 해. 금화는 더욱 서럽게 울었다. 혼자인 대장은 싫었다. 함께하는 부하가 좋았다. 금화는 누구하고든 이어지길 원했다.

일화는 틀린 문제를 참을 수 없었다. 자신이 푼 모든 문제에 동그라미가 그려져야 했다. 학년이 올라갈수록 빗금은 조금씩 늘었다. 헷갈리는 문제는 늘 있었다. 찍어서 동그라미를 받았을 때는 안도하기보다 부끄러웠다. 일화는 "운이 좋았다"라는 말을 좋아하지 않았다. 자신의 우수한 성적은 모두 재능과 노력의 결과여야만 했다. 일화는 6학년이 되자마자 전교 회장 선거에 나갔고 전교생에게 동그라미를 가장 많이 받아서 회장이 되었다. 얼마 지나지 않아 일화는 교무실에서 담임과 동료 교사가 나누는 말을 우연히 들었다. 성적은 일화가 월등해도 머리는 태수가 더 좋지. 일화는 노력 형이잖아. 무조건 외우거나 문제를 많이 풀어서 점수를 높이거든. 융통성이 없어. 좀 안타깝지. 고등 교육 들어가면 태수 같은 애들이 치고 올라가잖아. 사회 적응도 훨씬 잘하고. 일화 같은 애들은 한번 좌절하면 끝이야. 어차피 태수 같은 애들한테 더 많은 기회가 주어질 테니까. 한 마디 한 마디가 일화의 심장을 움켜쥐고 비틀었다. 내가 안타깝다고? 숙제도 제대로 하지 않고 수업 시간에 같잖은 농담이나 던지면서 분위기를 망치는 오태수가 아니라? 일화는 오태수를 라이벌이라고 생각한 적이 없었다. 오태수와 자기를 비교해 본 적도 없었다.

일화는 선생들의 말이 우습다고 생각했다. 우스운 그 말을 잊을 수가 없었다. 그들은 노력하는 사람을 비웃었으니까. 학생에게는 노력하라고 말해놓고, 어른끼리 있을 때는 노력을 하찮고 안타까운 짓으로 만들었으니까. 우연히 들은 그들의 말은 일화를 계속 간섭했다. 노력하는 모습을 아무에게도 보이고 싶지 않았다. 노력은 비굴한 안간힘이니까. 한편으로는 그들의 생각이 편견이며 거짓이라는 것을 증명하고 싶었다. 그러려면 1등을 놓칠 수 없었다. 1등을 갈구하는 자신이 좌절을 두려워하는 겁쟁이처럼 느껴졌다. 일화는 노력하면서 노력하는 자신을 비웃었다. 1등을 놓치지 않으면서 1등을 놓치지 않으려는 자신을 경멸했다. 어른이 되면 잘 살고 싶었지만 어른이 될수록 불행해질 것 같았다. 자기는 노력하는 인간이니까. 결국 오태수 같은 애들이 치고 올라갈 테니까.

월화는 교내 백일장에서 1등을 한 적이 있다. 전교생이 의무적으로 참여하는 백일장이었다. 운문과 산문 중 하나를 선택해야 했다. 산문을 선택한 학생들은 대개 자기가 겪은 일을 쓰고 교훈이나 감동을 주는 글로 마무리했다. 월화는 겪은 일을 쓰고 싶지 않았다. 재미가 없었으므로. 하루하루는 거의 비슷했다. 아침에 일어나서 학교에 가고 학교 끝나면 학원에서 놀다가 집으로 가고. 비슷한 일상에 큰 불만은 없었으나 마음 한구석에는 그보다 훨씬 재미있고 찬란한 경험을 하고 싶다는 소망이 있었다. 밤마다 꿈을 꾸었기 때문이다. 꿈은 언제나 현실을 뛰어넘었다. 꿈에서는 기차를 타지 않고도 바다에 갔고 육지보다 높은 곳에서 바다가 일렁였다. 하늘을 날았고 구름 속에 숨었다. 나뭇잎을 타고 강을 건넜다. 꽃비가 내렸다. 어떤 꿈에서는 모두가 월화를 좋아해서 다투어 고백했다. 귀신이 나타나고 괴물에게 쫓기는 무서운 꿈조차 현실보다 재미있었다. 꿈을 꾸고 나면 일상에서 얻는 교훈이나 감동은 거짓말 같았다. 어차피 거짓말로 글을 써야 한다면 진짜 거짓말을 쓰자고 월화는 생각했다. 월화는 칠판에 적힌 시제 중 '꿈'을 선택하여 글을 지어냈다. 대충 다음과 같은 내용이었다.

나는 따돌림을 당했다. 낮에 친구들에게 들은 기분 나쁜 말은 밤마다 화살이 되어 나를 찔렀다. 나는 아프고 무서워서 잠을 잘 수 없었다. 어느 날 꿈속에서 한 남자를 만났다. 키가 크고 멋진 모자를 쓴 남자는 내 심장 부근에 거북이 문신을 새기며 말했다. 이 거북이의 단단한 등껍질이 너에게 향하는 화살을 전부 막아줄 거야. 거북이는 세상에서 가장 오래 사는 동물이니까 네가 죽는 날까지 이 거북이가 널 지켜주겠지. 잠에서 깬 나는 거울 앞에 섰다. 거울에 비친 내 가슴에 거북이 문신이 있었다. 그 문신은 현실과 꿈을 이어주는 문이었다. 나는 이제 아이들의 나쁜 말이 두렵지 않다. 어른들의 무관심에도 무심할 수 있다. 나에게는 꿈이 있기 때문이다. 나는 매일 꿈의 세상으로 건너갈 밤을 기다린다. 거북이 문신을 가진 나는 나쁜 말을 하는 아이들을 꿈에서 응징할 수 있다. 어른들을 지배할 수도 있다. 꿈속의 나에게는 충분한 힘이 있다. 꿈꾸는 나는 강하다.

월화처럼 글을 쓴 학생은 없었다. 상상하여 쓰더라도 현실에 있을 만한 일을 그럴듯하게 꾸며서 써야 한다고 배웠으니까. 학생들의 글은 대부분 다음과 같이 끝났다. 즐거웠다, 보람이 있었다, 많은 것을 배웠다, 감사했다, 감동했다, 부모님의 사랑을 느낄 수 있었다. 교사 여섯 명이 심사를 맡았다. 박 선생은 월화에게 장원을 줘야 한다고 주장했다. 우 선생과 김 선생은 월화의 글이 불편하다고 했다. 학생이 벌써 문신이란 표현을, 그것도 가슴에 거북이 문신이라니 가정 환경이나 인성에 문제가 있어 보인다고, 건전한 아이들에게 부정적인 영향을 끼칠 수 있으므로 상을 줄 수 없다고 말했다. 전 선생과 배 선생은 월화가 친구들 사이에서 실제로 따돌림을 당하는 건 아닌지 살펴볼 필요가 있다는 의견을 내놓았다. 이 선생은 월화가 어딘가에서 읽은 어른의 글을 베낀 것이 분명하다고 확신했다. 우려와 의심의 말이 두서없이 오고 갔다. 그러니까 이 학생의 글이 우리를 불편하게 한다는 건 자명하지 않습니까. 박 선생이 답답하다는 듯 말했다. 선생들이 부정하지 않자 박 선생은 소매를 걷으며 물었다. 뛰어난 작품은 일단 사람들을 불편하게 한다는 사실을 모르십니까?

월화는 조회 시간에 연단에 올라 교장 선생에게 상장을 받았다. 그리고 얼마 지나지 않아 월화의 가슴에 문신이 있다는 소문이 퍼졌다. 이화정을 비롯한 아이들 다섯이 소문을 지어내며 월화를 따돌렸다. 소문은 연기처럼 피어올라 금세 사라졌으나 냄새처럼 희미한 흔적을 남겼다. 어떤 아이들은 월화를 볼 때마다 '원조 교제'라는 단어를 떠올렸다. 월화는 소문을 지어내는 아이들보다 소문을 믿어버린 친구들 때문에 마음을 태웠다. 월화와 친한 친구들이었다. 학교와 학원에서 거의 붙어 지내기에 월화의 일상과 취향과 고민을 잘 아는 친구들. 바로 그들이 소문을 믿고 월화를 의심하는 편을 선택했다는 사실이 혼란스러웠다. 월화가 울먹이며 서운함을 표현하자 친구들은 말했다. 하지만 우리는 네 가슴을 본 적이 없잖아. 네가 정말 억울하다면 거기에 문신이 없다는 것을 증명해.

월화는 증명했다. 학원 건물의 굳게 잠긴 옥상 문 앞에서 그들은 봤다. 그때 그들의 얼굴을 보고 월화는 더 큰 혼란에 빠졌다. 안도가 아니라 실망하는 표정이었으니까. "내가 봤는데 문신은 없더라"라는 말은 퍼지지 않았다. 월화는 자기를 소문의 소용돌이에 가둔 이야기와 그 이야기를 쓸 때 들뜨던 마음을 떠올렸다. 글에 쓴 일이 실제로 일어나면 좋겠다고 생각했었다. 실제로 일어난 일은 따돌림이지만 어쨌든 그 또한 글에 쓴 내용이었다. 월화는 소문을 지어내는 아이들의 마음을 짐작했다. 그들 또한 실제로 월화가 밤마다 중학생들과 어울리며 날라리 짓을 하면 좋겠다고 생각했을까? 어른과 키스하는 대가로 돈을 받으면 좋겠다고 생각한 걸까? 월화는 이야기 속 주인공에게 자신의 욕망을 투영했다. 이화정을 비롯한 다섯 명도 마찬가지 아닐까? 기나긴 생각 끝에 월화는 결론을 내렸다. 그들이 소문을 지어내는 이유는 심심해서다. 월화의 하루하루가 그러하듯이.

심심해서 상상했고 지어낸 이야기를 퍼트렸고 그것을 거듭 하다 보니 진심으로 월화를 싫어하게 되었다. 싫어하는 마음이 있으면 심심할 수가 없다.

월화는 소문을 두려워하는 대신 이용하기로 했다. 그들이 더 다양하게 상상할 수 있도록 말과 행동을 꾸몄다. 그것은 연기에 가까웠다. 연기하는 삶은 재미있었다. 그들이 지어낼 소문을 짐작하는 시간은 흥미로웠고 짐작이 적중할 때는 짜릿했다. 이야기를 따라가기보다 앞서가고 끌어가는 것. 휩쓸리지 않고 관망하는 것. 그들이 싫어해도 월화는 상처받지 않았다. 그들이 싫어하는 자기는 연기로 만들어낸 가짜니까. 그들이 원하는 것 같으면 상처받는 연기를 할 수도 있었다. 슬프고 우울한 연기도 가능했다. 월화는 자기 짐작대로 반응하는 그들이 우스웠다. 월화는 지는 방법을 몰랐다.

중학교에 입학한 다음부터 일화는 집 근처 독서실의 가장 구석진 자리를 차지하고 하루 네 시간씩 쪽잠을 자면서 공부했다. 완벽한 1등이 되기 위해서는 교과서를 통째로 외워야 했다. 풀지 못하는 문제가 하나라도 있으면 실패였다. 선생들의 말이 삶의 진실이라면, 한번 좌절하면 끝인 그것이 자기 운명이라면 일화는 주어진 운명에게 다른 길을 보여주고 싶었다. 운명 앞에 여러 길을 만들어 운명을 헷갈리게 만들어야 했다. 그러려면 노력뿐이었다. 재능은 타고나는 것이고 노력이 일화의 영역이니까. 제대로 먹지도 자지도 않고 공부만 하다 보니 생리가 끊겼다. 생리를 하지 않으니 신경 쓸 것이 줄어 편했다. 커피우유, 초콜릿, 콜라, 사탕, 껌 등 문제를 풀면서 먹을 수 있는 것들이 일화의 주식이었다. 그러나 어쩌면 그래서 일화는 자주 1등을 놓쳤다. 고등학교 1학년 기말고사 기간에는 문제를 풀다가 실신했다. 깊은 잠에서 깨어나 병원의 형광등을 쳐다보며 일화는 중얼거렸다. 도대체 나보고 어쩌란 말이야. 열심히 하겠다는데 왜 도와주지 않는 거야. 기회는 줘야 할 거 아니야. 문제는 다 풀 수 있게 해줘야지. 제발 나를 내버려 둬. 공부하게 두란 말이야.

　일화는 무언가가 몸을 포박하고 있다고 느꼈다. 더 나아갈 수 있는데 포박 때문에 간신히 절반만 나아가는 것 같았다. 운명을 의식할수록 불공평하다는 생각이 들었다. 무언가가 근본적으로 부족했다. 부족한 그것을 자기 몸으로, 시간으로, 노력으로 때우는 것 같았다. 의사는 일화에게 기초 체력과 수면 시간이 부족하다고 했다. 균형 있는 식사,

충분한 수면과 휴식, 규칙적인 운동이 필요하다고 이어 말했다. 일화에게는 너무 무서운 말이었다. 그런 데 시간을 쓰면서, 남들 하는 것을 다 하면서 어떻게 운명을 바꾼단 말인가? 진짜 부족한 것은 잠 따위가 아니었다. 병원 침대에 누운 채로 일화는 교과서를 통째로 외우듯, 어려운 수학 문제를 끝까지 풀어내듯 자신에게 부족한 그것을 집요하게 생각했다. 보았던 것. 들었던 것. 스쳐 지나갔던 것. 일화를 가로막았던 것.

1학기까지 전교 1등은 일화였다. 2학기가 되고 그 자리를 이명기가 차지했다. 일화가 1등을 할 때 사람들은 일화에게 독하다고 했다. 이명기가 1등을 하자 자기 자리를 되찾았다고 표현했다. 일화가 다다르고 싶은 자리에는 늘 남자가 있었다. 신문에서도 뉴스에서도 가끔 보는 드라마와 영화와 다큐멘터리에서도 1등은, 리더는, 전문가는, 박사님과 해결사는, 책임자와 대표는, 공로자는, 피라미드 꼭대기에는 남자가 있었다. 일화는 오태수를 떠올렸다. 그때 선생들은 일화와 태수를 비교한 것이 아니었다. 여자와 남자를 비교했다. 기회는 당연히 태수에게 더 많이 주어질 것이다. 세상이 그 자리의 남자를 원하니까. 일화는 이기적이라는 말을 많이 들었다. 이명기는 이기적일 필요가 없었다. 부족한 것은 균형 잡힌 식단 따위가 아니었다. 포박되었다는 느낌은 거짓이 아니었다. 일화의 라이벌은 이 세상 전부였다. 일화는 그것에 포함되어 포위된 채 싸워야 했다.

　월화에게는 다양한 모습이 있었다. 피아노를 치면서 노래를 부르는 월화. 노래를 부르며 유행하는 춤을 추는 월화. 언젠가부터 학교 수련회와 축제 때 피날레 무대는 늘 월화 차지였다. 무대에 오르기 전까지 부끄러워하다가도 음악이 시작되면 돌변하여 장악해버리는 월화는 스스로 원치 않더라도 사람들이 원하면 그것을 수월하게 해냈다. 월화는 과감한 상징과 비유로 가득한 산문을 썼고 서사와 기승전결이 돋보이는 시를 썼다. 공부를 전혀 하지 않다가도 시험 치기 전 친구의 노트를 한 번 읽어보고 평균 이상의 점수를 받았다. 체력장에서도 가볍게 몸을 움직여 높은 기록을 냈다. 월화는 인기가 많았다. 성별과 나이를 가리지 않고 월화를 좋아했다. 인기가 많은 만큼 소문도 많았다. 월화를 싫어하는 사람도 물론 있었다. 월화는 그들을 신경 쓰지 않았다. 성별과 나이를 가리지 않고 월화는 원하는 사람과 사귈 수 있었다.

　사람들의 예상과 다르게 월화는 언제나 더 많이 사랑하

는 쪽이었다. 월화는 마음을 거리낌 없이 표현했다. 유리잔이 사랑을 담는 그릇이라면 사랑을 전하기 위해 잔이 넘치도록 콸콸콸콸 쏟아붓는 대신 유리잔을 깨고 사랑의 상식을 없애버리는 사람. 월화의 사랑 표현은 종잡을 수 없었다. 외면과 집착, 증오와 헌신, 질투와 찬사, 무조건적인 지지와 의심이 공존했다. 월화의 사랑은 상대에게 환희를 선사했으며 그것은 금세 환멸로 바뀌곤 했다. 월화는 사랑을 주었는데 상대는 경멸로 받았다. 월화는 사랑을 주었는데 상대는 권태로 받았다. 월화는 사랑을 주었는데 상대는 기만으로 받았다. 맹세코 월화에게 그것은 언제나 사랑이었다. 월화에게 꿈이 있다면 한 사람을 오랫동안 변치 않고 사랑하는 것. 그런 면에서 월화의 라이벌은 자기 자신이었다. 연애와 사랑에서 월화는 이기는 방법을 몰랐다.

일화와 월화가 주목받으며 세상 또는 자기와 전투를 벌일 때 금화와 쌍둥이는 흙을 밀어내고 이제 막 솟아나는 새싹처럼 어른의 그늘에서 배우고 다치고 회복하며 자랐다. 금화는 일화 언니처럼 똑똑해지고 싶었다. 월화 언니처럼 예뻐지고 싶었다. 아빠처럼 아내만 좋아하는 사람과 결혼하고 싶었다. 그 모든 면을 다 가진 사람은 엄마. 금화는 엄마처럼 되고 싶었다. 그러나 엄마 같은 사람이 되고 싶다는 금화에게 장미수는 냉정한 표정으로 말했다. 명심해, 금화야. 넌 나와 완전히 다른 삶을 살아야 해. 금화는 서운했다. 다른 엄마들처럼 엄마도 뿌듯하고 행복한 표정을 지어주면 좋을 텐데. 그러나 금화는 다른 엄마들을 원하지 않았다. 금화가 보기에 엄마는 다른 엄마들과 확실히 다른 면이 있었다. 자식들에게 잔소리하지 않고, 사소한 일로 화를 내거나 기뻐하지 않고, 책을 많이 읽고, 자기만의 고민에 잠겨서, 혼자만의 시간과 공간을 중요하게 생각했다. 금화는 그런 엄마가 정말 특별하다고 생각했다. 물론 엄마는 조금 어려운 사람이어서 쉽게 다가가 응석 부리거나 떼를 쓸 수는 없었다. 그래도 괜찮았다. 아빠가 모든 걸 받아줬으니까.

금화는 어른이 된 자기를 상상하길 즐겼다. 어른이 되면 매일 예쁜 잔에 커피를 마셔야지. 큰 자동차를 운전해야지. 세계 여행을 다녀야지. 마음에 드는 옷을 직접 만들어서 입어야지. 금화는 상상 속에서도 언제나 쌍둥이와 함께였다. 금화와 쌍둥이는 가위바위보처럼, 신호등의 빨강과 노랑과 초록처럼 늘 붙어 다녔다.

일요일이었다. 금화와 쌍둥이는 거실에 앉아 '이야기 꾸며내기' 놀이를 하고 있었다. 일화가 신경질적으로 방문을 벌컥 열고 말했다. 언니 수능이 코앞이니까 나가서 놀아. 일화가 동생들에게 하는 말은 그뿐이었다. 언니 공부해야 하니까, 언니 시험 기간이니까, 언니 친구들이랑 중요한 얘기 중이니까, 언니 피곤하니까 방해하지 말고 나가서 놀아. 금화와 쌍둥이는 그 말을 기다렸다는 듯 운동화를 꺾어 신고 현관을 나섰다. 어디로 가자는 말도 없이 같은 방향으로 달렸다. 놀이터에 그네는 두 개뿐이었다. 꼴찌로 도착하면 그네를 탈 수 없었다. 놀이터에 도착한 순서는 금화, 목수, 목화. 하지만 그네에는 이미 월화와 남자가 앉아 있었다. 두 사람은 한 손에 캔 커피를 들고 다른 손으로 그넷줄을 잡은 채 눈빛을 나누었다. 동생들은 숨을 몰아쉬며 언니를 쳐다봤다. 월화가 말했다. 언니 지금 진지한 얘기 중이니까 다른 데로 가줄래? 금화가 물었다. 다른 데 어디? 쌍둥이가 이어 말했다. 우린 여기서 놀고 싶은데. 우린 조용히 놀 수 있어. 월화가 경고를 담은 눈빛으로 동생들을 쳐다봤다. 동생들은 알고 있었다. 일화는 신경질을 낼 뿐이지만 월화는 진짜 화를 낸다는 걸. 월화가 화를 내면 부모님도 얼어붙었다. 금화는 기어들어 가는 목소리로 중얼거렸다. 그래, 문구사에서 놀 수도 있으니까. 쌍둥이가 이어 말했다. 맞아, 문구사에는 오락기가 있으니까. 그런데 우린 돈이 없잖아. 엄마는 언니들한테만 용돈을 주니까. 우린 필요할 때마다 타서 쓰는데 언니들은 용돈을 한꺼번에 받으니까. 월화는 지갑에서 지폐 한 장을 꺼내 금화에게 건넸다. 쌍둥이가 소리를 지르며 문구사를 향해 달려갔다. 문구사의 오락기는 이미 다른 아이들이 차지하고 있었다. 금화와 쌍둥이는 차례가 오기를 기다렸다. 오락기를 차지한 아이들은 좀처럼 실패하지 않았다. 금화와 쌍둥이는 오락기를 포기하고 뽑기판 앞에 섰다. 100원을 내면 두 번 뽑을 수 있었다. 세 사람은 각각 두 번씩 뽑기를 했고 모두 꽝이었다. 남은 돈으로 아이스크림을 사서 나눠 먹은 다음 다시 달렸다.

목수가 앞섰다가 목화가 앞섰다. 다시 목수가 앞섰다.

금화는 쌍둥이의 등을 보고 달리다가 천천히 멈춰서 땅바닥을 들여다봤다. 민들레를 보고 개미를 보고 쓰레기에 적힌 글자를 읽었다. 쌍둥이는 멈춰 서서 금화를 기다렸다. 금화가 고개를 들면 손짓을 보내고 다시 달렸다. 금화는 자기들끼리만 앞서가는 쌍둥이가 문득 미웠다. 금화는 우울한 표정으로 생각했다. 나도 쌍둥이라면 좋을 텐데. 나도 단짝이 있으면 좋겠다. 모든 것이 재미없어진 금화가 크게 소리쳤다. 돌아가자! 쌍둥이가 돌아봤다. 금화는 손나팔을 만들어 다시 말했다. 집에 가자! 쌍둥이는 산 쪽으로 방향을 틀었다. 금화는 투덜거리며 쌍둥이를 따라갔다. 쌍둥이는 등산로 입구에서 색이 짙은 단풍을 주워 모으며 금화를 기다렸다. 집에 가자니까. 금화가 말했다. 산에 가자고 한 거 아니야? 목화가 대꾸했다. 아니, 집에 가자고 했어. 금화가 짜증을 섞어 말했다. 우리 저기 올라가서 집 짓자. 목수가 말했다. 집을 어떻게? 목화가 물었다. 나무를 주워서 텐트처럼 세우는 거야. 세 개를 만들면 우린 자기 방을 가질 수 있어. 금화와 쌍둥이는 방 하나를 같이 썼다. 금화는 자기만의 방을 가지고 싶다고 생각한 적은 없었다. 혼자 자면 무서울 것 같았다. 하지만 목수의 말을 듣는 순간 아주 작은 자기만의 방을 가지고 싶었다. 방에 속한 방. 방 한편의 텐트와 같은. 그럼 쌍둥이와 떨어져서 자도 무섭지 않을 것 같았다.

　금화와 쌍둥이는 산을 올랐다. 곳곳에 밤송이가 떨어져 있었다. 목화는 밤송이를 발로 차서 멀리 보냈다. 목수는 밤송이를 발로 굴려서 밤톨을 꺼내려고 했다. 금화는 밤송이를 건드리지 않았다. 오르막길은 완만했다. 축축한 낙엽이 두껍게 쌓여 있어 넘어져도 아프지 않았다. 숨이 조금씩 차오르는 만큼 기분은 들떴다. 금화와 쌍둥이는 돌아가며 소리를 질렀다. 노래를 불렀다. 비밀을 털어놨다. 손가락을 걸면서 비밀을 지키자고 약속했다.

　높이 오를수록 키 큰 나무가 점점 많아졌다. 금화는 걸음을 멈추고 나무를 올려다봤다. 바람을 타고 부드럽게 흔들리는 나무들. 무성한 나뭇잎 너머로 푸른 하늘이 보였다. 하늘은 강물 같았다. 나무는 물그림자 같았다. 새는 헤엄치듯 날았다. 낙엽이 춤을 추듯 떨어졌다. 목화와 목수는 떨어지는 낙엽을 잡으려고 손을 휘저으며 핑그르르 돌았다. 금화는 나뭇가지 사이로 쏟아지는 빛을 바라봤다. 운동장에서 달리다가 넘어졌을 때 피가 나고 무척 쓰라렸는데 그 상처를 닮은 빛이었다. 빗금을 그은 것 같은, 선생님이 찰과상이라고 부르던 상처. 구름이 움직여 빛은 잠시 사라졌고, 다시 나타난 빛은 파도 같았다. 환하게 구불구불 일렁였다. 방학 때 외갓집에 가면 할머니와 바다에 갈 수 있었다. 인도 없는 아스팔트를 따라 삼십 분 넘게 걸으면 바다가 보였다. 해변에서는 산길처럼 넘어져도 아프지 않았다. 산에서 낙엽을 줍듯 해변에서는 조개껍데기를 주웠다. 언제나 어디에서나 어른들은 "너무 멀리 가지 마"라고 했다. 그럴수록 금화는 더 멀리 가고 싶었다. 아주 멀리까지 가서 사람들이 마침내 자기를 그리워하게끔, 자기를 먼저 찾게끔 만들고 싶었다. 엄마는, 사람들은 멀리 가지 말라는 말로 금화를 외롭게 두었다. 왜 이렇게 한꺼번에 떠오르지? 금화는 걸음을 멈추지 않고 생각했다. 책등을 손에 쥐고 엄지손가락을 조금씩 움직여 책장을 빠르게 넘기듯 지난 일이 갑자기 순식간에 지나갔다.

산속 깊은 곳에는 무엇이 있을까? 코끼리가 있을까? 코알라? 사슴? 토끼? 유니콘? 금화는 약속 장소로 향하는 사람처럼 나무와 나무 사이의 길을 주저 없이 걸어 올랐다. 언니, 어디까지 가? 나뭇가지를 줍던 목수가 금화를 불렀다. 금화는 돌아보지 않았다. 우리 여기서 집을 짓자! 목수가 다시 금화를 불렀다. 금화는 돌아보지 않았다. 쌍둥이는 나뭇가지를 주우며 느릿느릿 금화를 따라갔다. 너무 멀리 가지 마, 언니. 목화가 소리쳤다. 넌 엄마처럼 말해. 금화가 돌아보며 대꾸했다. 뭐라고? 목화가 되물었다. 너 엄마랑 똑같이 말한다고! 금화가 큰 소리로 말했다. 어쩐지 조금은 화가 난 것 같았다. 목수! 신목수야! 목화가 주변을 돌아보며 목수를 찾았다. 나 오줌! 어딘가 나무 뒤에서 목수가 대답했다. 목화가 깔깔 웃으며 목수를 놀려댔다.

금화는 계속 산을 올랐다. 바람은 찬데 몸은 뜨거웠다. 이마에 땀이 맺혔다. 축축한 낙엽을 밟고 미끄러졌다. 손으로 바닥을 짚다가 나뭇가지에 찔려 피가 맺혔다. 금화는 피를 바지에 문지르며 일어섰다. 그리고 다시, 약속 시간에 늦은 사람처럼, 서둘러 걸었다. 바람이 세게 불고 구름은 빠르게 움직였다. 나뭇잎 흔들리는 소리가 거친 물살 소리처럼 들렸다. 멀리서 플래시로 신호를 보내듯 빛이 나타났다 사라지길 반복했다.

엄마에게 물어본 적이 있다. 엄마는 왜 자꾸 아기를 낳아? 유치원 다닐 때였다. 친구 중에 금화의 형제자매가 가장 많았다. 엄마는 금화의 볼을 쓰다듬으며 대답했다. 멀리 가지 않으려고. 누가 멀리 가는데? 엄마가 왜 멀리 가? 금화는 엄마의 비밀을 지켜줄 수 있어? 금화가 고개를 끄덕이며 새끼손가락을 내밀었다. 엄마는 금화와 새끼손가락을 걸고 위아래로 두어 번 흔든 다음 금화의 작은 손바닥에 자

기 손바닥을 맞댄 채 속삭였다. 그때 엄마가 한 말을 금화
는 잊었다. 아무에게도 말하면 안 된다는 생각이 너무 강해
서 비밀 자체를 기억에서 지워버렸다. 그런데 왜 이렇게 다
생각나지? 아주 많은 기억이 폭죽 터지듯 떠올랐다. 금화는
멀리서도 엄마를 알아볼 수 있었다. 엄마는 언제나 눈과 눈
사이를 찡그리고 있으니까. 귀와 눈 사이에 손가락을 대거
나 손바닥으로 이마를 누르고 있으니까. 엄마는 자꾸만 머
리가 아픈 사람. 금화는 엄마가 아프지 않게 해달라고 기도
했다. 기도가 이루어질 때도 있었다. 아프지 않을 때 엄마는
지치고 불행해 보였다.

쌍둥이가 금화를 불렀다. 금화는 멈춰 서서 뒤돌아봤
다. 바람이 불고, 머리 위의 커다란 나무가 휘청거렸다. 금
화는 생각했다. 집에 가야지. 엄마한테 다시 한번 물어봐야
지. 내 기억이 맞는지 확인해야겠어. 바람이 불고, 커다란
나무가 입을 벌리듯 우지끈 기울었다. 쌍둥이가 소리를 지
르며 달려왔다.

쌍둥이는 울면서 금화를 빼내려고 했다. 커다란 나무는
꿈쩍하지 않았다.

쌍둥이는 사람을 찾아 소리를 질렀다. 금화는 꿈쩍하지 않았다.

쌍둥이는 비명을 지르며 금화를 불렀다. 새들이 하늘 높이 날아올랐다.

지켜보는 수많은 눈. 무엇도 인간을 돕지 않았다.

목화가 울면서 말했다. 내가 어른들을 불러올게. 목수가 목화를 따라 일어섰다. 넌 여기서 언니를 지켜. 목화의 말에 목수가 울면서 대답했다. 나 무서워. 같이 울면서 목화가 말했다. 나도 무서워. 그러니까 빨리 갔다 올게. 목화는 달렸다. 넘어지고 달리고 넘어지고 달리면서 쉬지 않고 비명을 질렀다. 나무가 점점 많아지는 것 같았다. 에워싸는 것 같았다. 땅이 시소처럼 움직여 내리막이 오르막이 되는 것만 같았다. 나무들이 목화의 앞을 계속 막았다. 땅은 흙을 토하고 하늘은 구름을 뱉어냈다. 수천 마리 악어 등을 밟으며 뛰어가듯 발걸음을 뗄 때마다 죽을 것처럼 무서웠다. 목화는 빌었다. 살려주세요. 제발 살려주세요. 제가 대신 죽을게요. 우리 언니 살려주세요.

산을 오르던 어른 네 명을 데리고 돌아왔을 때 나무에 깔려 있는 사람은 금화가 아닌 목수였다. 어른들은 힘을 합쳐 나무를 들어 올렸고 간신히 목수를 빼냈다. 목화는 비명을 지를 수 없었다. 울 수도 없었다. 말을 할 수도 없었다. 주변을 둘러보며 금화를 찾았다. 금화는 없었다. 피 한 방울 남기지 않고 사라져버렸다. 어른 한 명이 목수를 업고 달리듯 산을 내려갔다. 그를 보호하듯 다른 한 명이 바짝 뒤따라갔다. 다른 한 명이 목화의 양팔을 붙잡고 괜찮은지 물었다. 여기 언니가 있었다고, 원래 언니가 있었다고 목화는 말할 수 없었다. 어른이 목화를 업었다. 목화는 발버둥을 쳤다. 언니를 찾아야 한다고 말하려 했는데 말이 나오지 않고, 억 으 걱 하는 외마디 소리조차 나오지 않고 겨우 발버둥을 쳤다. 어른들은 목화를 달래면서, 목화의 몸을 짓누르듯 제압하면서 산을 내려갔다.

망각.

가족과 마을 어른들, 학교 선생들과 경찰들과 소방대원들이 산으로 향했다. 수색 끝에 많은 것을 찾아냈다. 낡고 해진 옷가지들, 흙투성이 양말과 신발 여러 짝, 속이 빈 가방들, 지갑, 신분증, 손목시계, 스카프, 장갑 등 인간의 물건을. 아이의 물건이라 추정되는 것이 있으면 크게 소리 질러 금화의 가족을 불렀다. 그중 금화의 신발 한 짝이 있었다. 사고 현장과 멀리 떨어진 곳에서 발견되었다. 신발을 알아보는 순간 장미수와 신복일은 절망했다. 금화를 발견하진 못했으니까. 한편으로 희망을 가졌다. 금화가 산 어딘가에 있을 테니까.

그때 쌍둥이는 병원에 있었다. 갈비뼈 골절, 복부 장기 손상, 근육 손상, 뇌진탕, 급성 심부전 진단을 받은 목수는 응급조치를 받았고 계속 잠을 잤다. 충격으로 인한 단기 실어증과 가벼운 찰과상 진단을 받은 목화도 계속 잠을 잤다. 잠을 많이 재우는 편이 아이들에게 좋다고 의사는 말했다. 목수는 죽음 직전까지 갔다가 돌아왔다. 목화는 꿈과 현실을 구분하지 못했다. 어른들은 쌍둥이에게 다투어 질문했다. 산에는 왜 갔니. 거기서 무엇을 했니. 나무가 쓰러졌다고? 갑자기? 금화는? 근처에 다른 사람은 없었어? 너희가 본 것을 그대로 말하면 돼. 목화는 말하지 못했고 목수는 기억하지 못했다.

다시 며칠이 흘렀다. 목화는 말을 되찾았고 목수는 위기를 넘겼다. 쌍둥이는 산에서 일어난 일을 말했다. 어른들은 쌍둥이의 말을 믿지 못했다. 거짓말이라고 생각한 건 아니었다. 믿을 수 없는 말이기에 믿지 않았다. 언젠가 충격이 가라앉으면 믿을 수 있는 말을 하리라 믿었다.

금화는 실종 처리되었다. 일화는 그해 수능을 치르지 못했다. 월화는 날마다 산을 올랐다. 신복일은 길에 서서 금화의 사진을 인쇄한 전단을 뿌렸다. 장미수는 "산짐승이 물어 갔다"라고 말한 사람을 찾아내어 따귀를 때리고 손을 물어뜯은 다음 책으로 가득한 어두운 방에 들어가 나오지 않았다. 장미수의 엄마 임천자가 쌍둥이를 돌보기 위해 가방을 싸 들고 왔다. 임천자는 그들의 집에 기거하지 않았다. 근처 여관에 달방을 얻어 낮에는 쌍둥이를 돌보고 밤이 깊으면 돌아갔다. 장미수가 임천자를 증오했기 때문이다. 임천자는 그 증오를 이해했다. 장미수가 증오하는 것이 바로 그 '이해'라는 걸 알았지만 이해하지 않을 수는 없었다. 한편으로 연민했다. 언젠가 장미수 또한 그 증오를 뒤집어쓸 것이라 짐작했으므로. 임천자는 모든 것을 알았다. 그래서 말하지 않았다. 몰랐다면 아무 말이나 지껄였을 것이다.

금화가 사라진 자리에는 죄책감이 고였다. 가족들은 저

마다 죄책감을 껴안고 살았다. 그때 내가 그러지 않았다면. 그때 내가 이렇게 했다면. 가능했을 일을 헤아릴수록 죄책감도 커졌다. 그러나 일어난 일은 단 하나였다. 금화가 사라졌다는 것. 죽었다고 말할 수조차 없다는 것. 그것은 또 다른 질문을 불러왔다. 어딘가에 살아 있을 수도 있잖아? 아무도 섣불리 그 말을 꺼내지 않았다. 질문은 질문을 불러올 테니까. 어디에? 어떻게? 그런데 왜 나타나지 않지? 모든 질문이 고통이었다.

훗날 목화는 생각했다. 그때 발견했다던 그 많은 옷가지와 소지품의 주인 중에 금화와 같은 경우를 겪은 사람도 있지 않을까? 물건이 사람을 잃은 경우, 사람을 유실한 경우가. 그 물건의 주인들을 모두 찾아봤어야 했다는 뒤늦은 후회가 몰려왔다. 그땐 너무 어려서 그런 생각을 못 했다. 충분히 자란 뒤 할 수 있는 것은 후회와 추측뿐. 그때 어른들 또한 많은 추측을 했다. 유괴, 가출, 무당, 동굴, 산짐승, 절벽, 미친 사람, 살인, 토막, 범죄, 산신의 노여움…… . 어떤 추측에도 희망은 없었다. 소문은 죽음보다 잔인했다. 목수도 목화도 그 누구도 그날의 일을 온전히 그대로 기억할 수 없었다. 사실 아닌 것이, 감정이, 착각이 섞였다. 그러므로 신뢰할 수 없었다. 그날의 사고와 금화의 실종은 겪었지만 이해할 수 없는 일, 목격했지만 설명할 수 없는 일, 기억하지만 가능하지 않은 일, 일어났으나 일어날 수 없는 일이었다.

어느 겨울 목화와 목수는 교복을 입은 채로 산을 올랐다. 자라는 동안 두 사람은 주기적으로 사고 현장을 찾았다. 당장이라도 나무가 쓰러질 것 같아 두려웠지만, 산짐승이 나타나 돌진할 것 같아 무서웠지만, 알고 싶었기 때문에, 산짐승이 나타나면 차라리 납득할 것 같았고, 나무가 쓰러진다면 재현할 수 있을 것 같아서, 무서움을 물리치지 않고, 두려움을 끌어안으며, 무슨 일이라도 일어나길 바라는 마음으로 산을 올랐다. 메마른 낙엽이 서걱거리는 소리가 비밀을 속삭이는 소리처럼 들렸다. 바람이 나무를 거칠게 훑고 가는 소리는 비밀의 빗장을 여는 소리처럼 들렸다. 싸우듯 지저귀는 수많은 새소리는 비밀을 토해내는 소리처럼 들렸다. 작은 짐승들의 움직임. 마른 열매가 떨어졌다. 어딘가에서 나뭇가지 부러지는 소리. 구름은 빠르게 움직였다.

태양이 모든 것을 비추고 있었다. 목화는 걸음을 멈추고 고개를 한껏 젖혀 하늘을 올려다봤다. 빼곡한 나뭇가지로 빗금 친 하늘. 겨울 산에는 무수한 존재가 살고 있었다. 목화는 천천히 사방을 둘러봤다.

목수야. 다 보고 있었어. 여기 모든 존재가. 그런데 아무도 돕지 않았어.

그 말에 환호하듯 사방의 마른 나뭇잎이 쌍둥이를 향해 굴러왔다.

기억나? 낙엽이 얼마나 무성했니. 낙엽 아래 숨은 것들은 또 얼마나 많았겠어.

목수가 목화의 손을 잡으며 중얼거렸다.

내 탓이야. 내가 기억하지 못해서야. 나만 기억해 내면 모든 게 밝혀질 텐데.

목화가 목수의 어깨를 안으며 말했다.

기억은 중요하지 않아. 우린 사실을 알고 있잖아.

사실만을 말하자면 '나무가 쓰러졌고 금화가 깔렸고 다시 나무가 쓰러졌고 목수가 깔렸고 그사이 금화는 사라졌다'뿐이다. 당시 뇌진탕 진단을 받은 목수는 나무에 깔리기 전후 상황을 전혀 기억하지 못했다. 구조될 때 목수는 눈을 뜨고 있었으나 목화를 보고 반응하지 않았다. 어른들이 소리를 지르며 목수를 나무 밑에서 빼낼 때도 눈을 깜빡이며 모든 것을 보고 있었다. 그러니까 목수는 금화가 어떻게 사라졌는지도 봤을 것이다. 하지만 그것을 봤다고 할 수 있을까?

목화와 목수는 나무가 쓰러졌던 자리까지 올랐다. 나무는 쓰러진 그곳에서 조금씩 썩어 숲이 되고 있었다. 그루터기는 거칠게 찢은 종이의 절단면 같았다. 쌍둥이는 그루터기 앞에 무릎을 꿇고 마주 앉아 금화를 떠올렸다. 금화는 쌍둥이의 몸속 어딘가에 박혀버렸다. 심장처럼 쉬지 않고 지속적으로 자기 존재를 드러냈다. 그럼에도 쌍둥이는 그곳을 찾았다. 노력하지 않아도 떠오르는 금화를 더욱 강렬하게 떠올리기 위해. 목화와 목수는 전혀 닮지 않았다. 어린 시절 목수는 금화와 닮았었다. 넓은 이마, 얇은 눈매, 날카로운 콧등, 비대칭 얼굴, 좁은 어깨, 굵은 손목, 곧게 떨어지는 허벅지와 종아리. 10여 년의 시간이 흘렀다. 그 시간만큼 목화와 목수는 변했다. 금화도 변했을 것이다.

목화는 목수를 바라봤다. 목수는 자책하고 있다. 기억을 잃은 자신을. 금화를 구하지 못한 자신을. 살아난 자기 존재 자체를. 목수는 그날의 사고로 죽을 뻔했다. 목수는 자기가 살았기 때문에 금화가 사라졌다는 생각을 버리지 못했다. 목수는 목화에게 말한 적 있다. 그때 내가 죽었다면 금화 언니는 사라지지 않았을 거야. 목화는 이렇게 말했다. 그때 네가 사람들을 부르러 내려갔다면 내가 나무에 깔렸을 거야. 목화와 목수는 그날 일어난 일에 대해 각자의 짐작과 가정을 오직 서로에게만 말했다.

시간이 흐르면서 사람들은 금화가 죽었을 가능성에 무게를 실었다. 살아 있다면 나타나지 않을 이유가 없으므로. 그러나 현장에서 각각 다른 방식으로 그 사건을 함께 겪은 신목화와 신목수는 그렇게 생각하지 않았다. 신금화가 어딘가에 존재한다고 굳게 믿었다. 이것은 그 믿음에 관한 이야기다.

증명할 수 없으나 존재하는 것

목화가 열여섯 살 되던 해 봄이었다. 꿈에서 사람들이 죽었다. 높은 곳에서 연이어 투신했다. 누가 더 잔인하게 죽는지 시합하는 것만 같았다. 투신하는 사람들을 바라보며 목화는 가장 낮은 곳에서 공포에 짓눌려 울었다. 제발 그만하라고, 죽지 말라고, 그곳에서 당장 내려오라고 소리 지르고 싶었으나 목소리가 나오지 않았다. 높은 건물에서, 절벽에서, 대교에서, 선박에서 떨어지는 사람들이 동시에 보였다. 발버둥을 치다가 목화는 꿈이란 것을 깨달았다. 꿈이란 걸 알아도 투신하는 사람들을 지켜보는 건 무서웠다. 사람들의 눈빛, 소리, 붉은 피, 냄새, 공포에 질린 표정, 손상된 몸이 생생했다. 시공간은 뒤엉켜 있었다. 어딘가는 밤, 어딘가는 밝아오는 새벽, 또 다른 곳은 저물어가는 오후였다. 시간의 흐름 또한 달랐다. 어떤 사람은 아주 느리게 떨어졌고,

또 다른 사람은 빠른 속도로 떨어졌다. 홀로 죽어 가는 사람들을 망연히 바라만 보다가 목화는 다시 깨달았다. 꿈이 아니라는 것을. 실제 투신하는 사람들을 꿈을 빌려서, 꿈이라는 가장 안전한 렌즈를 통해 보고 있다는 사실을. 꿈이라면 그토록 생생할 수가 없었다. 목화는 그저 지켜봤다. 바라보는 것만으로도 지쳤다. 눈을 감고 있으므로 다시 눈을 감을 수도 없었다. 보지 않을 방법이 없었다.

목화는 기도했다. 사람들이 죽지 않게 해달라고. 그러나 계속 죽었다. 목화는 다시 기도했다. 어떻게든 이 꿈에서, 아니 이 현실에서, 아니 꿈으로 보는 현실에서 깨어나게 해달라고. 제발 나를 이 지옥에서 구해달라고. 그 순간 수많은 투신 장면이 사라지고 한 사람이 보였다. 동시에 목소리가 들렸다.

가서 받아.

목화는 몸을 움츠렸다. 다시 목소리가 들렸다.

의심하지 말고 구해.

목화는 더욱 움츠렸다. 또다시 목소리가 들렸다.

네가 받으면 살아.

망설이다가 목화는 달려갔다. 굉장한 바람이 느껴졌다. 열기가 목화와 함께 움직였다. 두 팔을 앞으로 내밀자 열기는 더욱 거세졌다. 추락하던 사람은 목화에게 닿지 않은 채로, 목화의 두 팔 위에서, 바람을 따라서, 한없이 가벼운 깃털처럼 잠시 떠올랐다. 목화는 뒤로 물러났다. 그는 기적적으로 살았다. 마침내 목화는 눈을 뜰 수 있었다. 익숙한 벽지가 보였다.

자각몽이라고 할 수는 없었다. 꿈이 아니었다.

현실이라고 할 수도 없었다. 현실에서는 그런 방식으로 사람을 구할 수 없다.

목화는 목소리의 정체를 알았다. 꿈에서는 설명 없이도 알 수 있다.

그러나 꿈이 아니었다.

어떤 틈과 같은 것. 꿈과 현실의 균열. 어긋나는 지점. 또는 미세하게 맞닿은 선. 증명할 수 없으나 존재하는 세계. 가능성으로 남아 인식 너머에 존재하는 사건.

목화는 금화를 생각했다. 투신하는 사람 중에 금화가 있었던가? 있었다면 바로 알아봤을 것이다. 명령하는 목소리가 금화였던가? 그랬다면 두려워하지 않았을 것이다. 금화가 어디에 어떻게 존재하는지를 자기가 겪은 비현실적인 경험을 통해 알아낼 수 있을 것만 같아서 목화는 생각하고 또 생각하다가…… 말이 안 되잖아, 중얼거렸다. 몸에 서서히 힘이 돌았다. 손발을 움직일 수 있을 즈음 목화는 손으로 두 눈을 비비며 다시 한번 말이 안 된다고 되뇌었다. 꿈이 아니었음을 자각하면서도 악몽일 뿐이라고 생각했다.

그 봄이 끝날 무렵 목화는 다시 그 세계로 소환되었다. 이번에는 교통사고였다. 수백 개 CCTV 영상이 사방에 펼쳐져 확대되었다가 작아졌다가 다시 확대되는 것만 같았다. 각기 다른 시간과 장소였다. 길을 걷다가, 횡단보도를 건너다가, 안전속도를 지키며 운전하다가, 자전거를 타다가, 주행 신호를 기다리다가, 술에 잔뜩 취해 몸을 가누지 못한 채로 걷다가, 휴대폰을 보다가, 졸음운전을 하다가, 옆자리에 앉은 연인의 손을 잡으며 사랑한다고 말하다가, 전화 통화로 엄마와 다투다가, 과속과 급정거를 반복하다가, 운전대를 손가락으로 두드리며 노래를 부르다가, 보복 운전을 하다가, 컵 홀더에 텀블러를 내려놓다가 사고가 났다. 꿈이 아니란 것을 알았고, 억지로 깨어날 수 없다는 것 또한 알았으므로 목화는 기다렸다. 기다리면서, 자기도 모르게, 금화를 찾았다. 거기 어딘가에 금화가 있을 것만 같았다. 금화를 찾아내서, 금화를 구하고 싶었다. 교통사고는 흔했고 죽음은 무작위였다. 하지만 각자의 죽음은 고유했다. 세상에 단 한 명인 존재가 예기치 못한 사고로 생을 멈췄다. 목화는 자기가 아직 살아 있음을 의심했다. 버스나 자동차나 자전거를 수천 번 탔을 것이다. 매일 길거리를 걸었다. 그런데 아직 한 번도 사고를 겪지 않았다고? 저렇게 많은 사람이 죽는데 어째서 나는 살아 있지? 수많은 죽음 앞에서는 살아 있음 자체가 비정상이었다.

목화는 쓰러지는 나무를 떠올렸다. 다시금 질문을 던졌다. 내가 나무에 깔릴 수도 있었어. 왜 나만 무사했지? 사람들을 부르러 달려갈 때 목화는 간절히 기도했다. 제발 살려주세요. 제가 대신 죽을게요. 우리 언니 살려주세요. 그리고 나무는 목수를 향해 쓰러졌다. 무섭다고 말하던 목수에게 목화는 지시했다. 넌 여기서 언니를 지켜. 만약 다르게 말했다면, 내가 여기서 언니를 지킬 테니 너는 사람들을 불러오라고 말했다면 나무는 목화를 향해 쓰러졌을까? 금화가 사라지는 순간을 목화는 목격할 수 있었을까? 아니, 그 자리에 목화가 있었다면 금화는 사라지지 않았을지도 모른다. 일어난 일은 하나뿐이었다. 그러나 목화는 다른 가능성을 생각했다. 숱한 가능성이 진실로 존재하는 각각의 세계를 상상했다. 왜냐하면 그와 비슷한 일이 지금 눈앞에서 일어나고 있으므로.

느닷없는 죽음이란 그런 것이다.

말도 안 되는 일.

눈 깜빡할 사이에 생사가 갈리는 일.

눈앞에 펼쳐지던 수많은 장면이 사라지고 한 사람이 보였다. 자전거를 타고 가는 젊은 여자의 측면으로 트럭이 빠르게 다가가고 있었다.

목소리가 들렸다.

가서 막아.

목화는 그 순간을 기다렸다는 듯 질문했다.

신금화는 어디 있어?

질문하지 말고 가서 구해.

목화는 달리 물었다.

신금화는 죽었어?

네가 구하면 살아.

목화는 움직이지 않았다. 정확한 대답을 기다렸다. 모른다는 대답이라도 들어야 했다. 갑자기 시간이 느리게 흘렀다. 자전거를 탄 여자는 멈춘 듯 보였다. 트럭 또한 정지

한 것 같았다. 그들은 조금씩, 아주 미세하게 움직였다. 목화를 기다리는 듯했다. 목화는 대답을 듣고 싶었다. 버티고 싶었다. 그러나 일어날 일이 목화를 기다리고 있었다. 사고는 일어나겠지만, 목화가 구하면, 여자의 죽음은 막을 수 있다. 목화는 간절한 마음으로 질문했다. 제발 말해줘. 신금화는 어떻게 됐어? 죽었다면 시신이 있는 곳이라도 알려줘. 느리게 흐르던 시간에 서서히 속도가 붙었다. 트럭과 여자가 점점 가까워졌다. 목화는 대답을 들어야만 했으나 사람을 죽게 내버려 둘 수는 없었다. 목화는 울면서, 서럽게 울면서 여자에게 다가갔다. 트럭에 부딪혀 멀리 날아가는 여자를 향해 두 팔을 벌렸다. 열기가 일었다. 여자는 눈송이처럼 가볍게, 치료 가능한 부상을 입을 만큼 안전하게 바닥으로 떨어졌다.

눈을 떴다. 목화는 생각했다. 금화 언니는 죽지 않았어. 죽었다면 대답했을 거야. 창으로 희미한 여명이 느껴졌다. 굳은 몸에 조금씩 감각이 돌아왔다. 죽어가던 사람들이 잔상으로 남아 공포감이 몰려왔다. 목화는 목소리를 짜내면서 겨우 울었다. 엄마를 불렀다. 몸에 힘이 돌아올수록 울음소리는 커졌다. 문이 열리고 목수가 나타났다. 목수는 놀란 표정으로 목화에게 다가오며 물었다. 왜 그래, 무슨 일이야. 목수를 보자마자 목화는 지금까지 생각해 본 적 없는 어떤 가능성을 떠올렸다. 그때 목수는 죽을 위기를 여러 번 넘겼다. 나무에 깔린 순간. 나무에서 거칠게 빼내던 순간. 병원에서도 여러 번 위기가 있었고 의사는 사망 가능성을 언급했었다. 그 순간 중 누군가가 바로 지금과 같은 방법으로 목수를 구한 거라면? 단 한 사람이 목수였다면?

장미수가 나타났다. 미수는 울고 있는 목화를 보자마자 주저앉았다. 옷걸이에 걸어둔 옷이 바닥으로 떨어지듯 풀썩. 그 모습을 보고 목화는 직감했다. 엄마는 알고 있어. 하지만 무엇을? 금화 언니의 생사를? 내 말도 안 되는 경험을? 미수 옆으로 신복일이 다가왔다. 미수는 복일을 보지 않고 말했다. 당신이 목수 좀 챙겨. 목화의 두 팔을 꼭 잡은 채 목수는 곧 울음을 터트릴 것처럼 불안해하고 있었다. 목화가 울면 목수는 운다. 목수가 울면 목화는 울음을 그친다. 차가워진다. 복일은 목수에게 다가가 가볍게 등을 쓰다듬으며 목화 대신 말했다. 악몽을 꾸었겠지. 진정되면 괜찮을 거야. 복일은 목수를 일으켜 방을 나갔다. 열린 문을 사이에 두고 마주 앉은 장미수와 신목화. 방이 서서히 밝아졌다.

엄마. 꿈에서 사람들이 엄청 많이 죽었어.

엄마. 왜 아무 말이 없어.

엄마. 나 너무 무서운 꿈을 꿨다니까.

미수는 손바닥으로 이마를 짚으며, 목화가 아닌 방바닥을 쳐다보며 말했다.

네가 사람을 구했어?

엄마가 어떻게 알아?

단 한 사람을?

엄마도 그런 꿈을 꾼 적 있어?

꿈이 아니야. 너도 알잖아.

꿈이 아니라고?

이제부터 힘들어질 거야.

이게 진짜 현실이라고?

미수는 대답하지 않았다.

엄마. 뭐라고 말 좀 해봐.

엄마. 설명을 해줘. 그러니까…….

엄마도 나처럼 그런 거야? 그런 미친…… 방법으로 사람을 구해?

이거…… 유전이야?

미수는 고개를 저으며 천천히 중얼거렸다. 차라리 금화이길 바랐는데. 미수는 고개를 들어 목화를 바라봤다. 목화

는 미수의 말을 곱씹었다. 차라리 금화이길 바랐는데. 그 말
에 담긴 의미를 목화는 그해 겨울에야 깨달았다.

장미수는 열다섯 살부터 사람을 구했다. 미수는 목화처럼 금세 깨닫지 못했다. 여러 차례 소환당하면서도 너무 지독한 악몽이 거듭된다고 생각했다. 미수는 친구들에게 말했다. 나 비슷한 꿈을 너무 자주 꿔. 꿈이 너무 현실적이야. 그럼 친구들은 대꾸했다. 나도 반복해서 꾸는 꿈 있는데! 친구들은 돌아가며 자주 꾸는 꿈을 이야기했다. 거의 불쾌하거나 찝찝하거나 무서운 꿈이었다. 미수는 생각을 고쳤다. 다른 애들에 비하면 내 꿈은 스케일이 큰 편이네. 그래도 마지막엔 사람을 구했으니 악몽은 아닌 셈 치자.

　　장미수는 낙천적인 편이었다. 책을 많이 읽었으며 특히 소설을 좋아했다. 하이틴 로맨스, 미스터리, 괴담, SF, 역사물 등 장르를 가리지 않았다. 잠들기 전까지 소설을 읽어 그런 꿈을 꾸는 걸까 짐작하기도 했다. 그렇다고 소설을 끊을 수는 없었다. 소설 속에서는 모든 것이 이루어졌으니까. 짝사랑하는 사람에게 고백을 받고 키스했다. 시간 여행이 가능했고 외계인을 만났다. 범인은 잡혔고 비밀은 풀렸다. 늑대와 대화할 수 있었고 뱀파이어의 고충을 알 수 있었다. 이야기 속 사건은 어떻게든 해결됐고 아무튼 끝이 났다. 미수는 소설처럼 자기 꿈을 이해하려고 했다. 악몽에도 다음이 있겠지. 원인과 해결책을 알게 되겠지. 끝이 있겠지.

　　그러나 악몽은 계속되었다. 미수는 악몽이라고 믿어야만 했다. 꿈이 아니라고 굴복해버리면 평생 그 일을 떠맡을 수밖에 없음을 직감했으니까. 수많은 사람의 죽음을 지켜보는 일. 그중 단 한 사람만을 살릴 수 있는 일. 그보다 더한 지옥이 있을까? 미수는 그런 일에 연루되고 싶지 않았다. 미수는 이성적인 사람이었다. 요정, 귀신, 연금술사, 마법사, 좀비, 퇴마사, 시간 여행자, 뱀파이어처럼 신비로운 이야기는 소설 속에 갇혀 있어야 마땅했다. 현실에서는 일어날 수 없는 일이기에 픽션이 존재하는 거니까. 그러므로 절대 받아들일 수 없었다. 자기를 소환하는 그 목소리와 자기가 겪는 일이 꿈이 아니란 사실을. 미수는 강하게 저항하며 질문했다. 전부 구할 수도 있잖아? 지켜보는 시간에 더 많이 구할 수도 있잖아! 목소리는 대답하지 않았다. 미수는 살아남은 단 한 사람이 아닌 죽은 사람들을 기억했다. 미수에게 목소리는 사람을 살리는 존재가 아니라 죽도록 내버려 두는 존재에 가까웠다. 그런 존재와 엮이고 싶지 않았다. 하지만 소환은 계속되었고, 더 많은 사람을 구하고 싶다고 생각하면서도 미수는 매번 단 한 사람만 구할 수 있었다.

미수는 점점 고요해졌다. 친구들과 멀어졌다. 쉽게 웃지 않았다. 말이 줄었다. 자기혐오가 짙어졌다. 더는 소설을 읽지 않았다. 주변 사람들이 사춘기 운운할 때마다 미수의 얼굴에 경멸이 스쳤다. 소환을 겪기 전 미수의 꿈은 과학자였다. 하얀 가운을 입고 연구실에 틀어박혀 아직 밝혀지지 않은 진실에 꾸준히 몰두하는 사람. 미수는 그런 꿈을 꾼 자신을 비웃었다.

어느 밤 미수는 실험했다. 명령을 무시하고 사람을 구하지 않았다. 죽어가는 사람을 그저 보고만 있었다. 자기 운명을 통제할 수 있다는, 최소한 거부할 수 있다는 희박한 희망을 놓지 않았던 것이다. 단 한 명의 구조자 없이 모든 장면은 소거되었고, 눈을 뜬 순간부터 머리를 짓이기는 통증이 시작되었다. 아주 거대한 손이 미수의 머리를 움켜쥐고 쥐어짜는 것만 같았다. 잠을 잘 수도, 밥을 먹을 수도, 그저 앉아 있을 수조차 없었다. 병원에 가서 검사를 했으나 병명은 나오지 않았다. 진통제 효과도 미미했다. 기진맥진하여 미수는 생각했다. 징벌인가? 무엇에 대한? 사람을 살리지 않은 것? 당신 뜻대로 움직이지 않은 것? 미수는 어두운 방에 누워서 다짐했다. 고통이 아무리 커도 절대 당신을 먼저 부르지 않겠다고. 호소하지 않겠다고. 지지 않겠다고.

임천자가 문을 열고 들어와 미수의 이마에 따뜻한 수건을 얹었다.

엄마. 머리가 깨질 것 같아.

임천자는 미수의 손가락과 손바닥을 부드럽게 주물렀다. 미수는 천자를 바라보며 생각했다. 엄마는 이 고통을 상상이나 할 수 있을까. 천자는 가족 중 제일 먼저 눈을 떠서 가장 늦게 잠드는 사람. 천자는 웬만한 남자보다 힘이 셌다. 천자는 쌀 한 가마니를 어깨에 짊어지고 걷는 사람. 사람들은 임천자를 임장군이라고 불렀다. 미수의 팔다리 여기저기를 주무르며 천자는 말했다.

내일은 도시의 큰 병원에 가보자.

미수는 엄마에게 모든 것을 털어놓고 싶었다. 엄마라면 자기 말을 믿고 해결 방법을 알려줄 것 같았다.

엄마. 나한테 자꾸만 이상한 일이 일어나.

걱정할 거 없어. 원래 아프면서 크는 거야.

그게 아니야. 그렇게 아픈 게 아니야.

유명한 한의원도 알아봤어. 병원이 소용없으면 거길 가보자.

엄마, 병이 아니야. 벌이야.

미수는 천자에게 띄엄띄엄 말했다. 자기가 겪는 말도 안 되는 일을. 수십 명 중에서 단 한 사람만 구할 수 있는 지옥을. 미수의 말을 듣고 천자는 대답했다.

그럼 사람을 구해.

사람을 구하는 일이 아니야.

한 명을 살렸다면서.

수십 명이 죽었어.

그렇게 생각하지 말고, 수십 명 중 한 명이라고 생각하지 말고, 오십 대 오십이라고 생각해. 한 사람을 살리느냐 죽게 두느냐의 문제라고.

하지만 난 다 본단 말이야. 죽어가는 사람을.

한 사람을 구하고 네가 아프지 않을 수 있다면.

천자는 낮고 조용한 목소리로 달래듯 말했다.

할 수 있는 일을 하는 게 낫지 않겠니.

의심해야 했다고 미수는 뒤늦게 깨달았다. 공상 같은 자기 말을 엄마는 의심하지 않고 들었다. 되묻지도 놀라지도 흘려듣지도 않았다. "네가 무서운 꿈을 꾸었구나"라는 말조차 하지 않았다. 엄마는 미수의 말을 너무 잘 이해했다. 그때는 그것이 이상하다는 생각을 못 했다. 심지어 약간 위로도 받았다. 믿고 걱정해 주는 사람이 있어서, 그 사람이 엄마여서 조금이나마 숨통이 트였다. 죽어가는 사람들을 보면서 엄마의 말을 떠올리곤 했다. 할 수 있는 일을 하는 것이라고 자기를 설득했다. 시간이 흘러 임천자가 말해주지 않은 진실을 알았을 때 장미수는 엄청난 증오와 배신감에 휩싸였다. 장미수가 할 수 있는 일을 할 때 임천자도 할 수 있는 일을 했던 것이다. 자신을 위해. 딸을 위해. 그것이 임천자가 장미수를 사랑하는 방법이었다.

　죽은 사람들을 생각하며 장미수는 악착같이 공부했다. 더 많은 사람을 살리는 존재가 되고 싶어 의사를 꿈꾸었으나 그만한 성적도 등록금도 낼 수 없었다. 미수는 간호 대학에 들어갔다. 소환을 겪은 날은 탈진할 정도로 힘들어서 공부에 몰두하기 어려웠다. 그러나 미수는 자기 운명과 싸우듯 공부했다. 간호사 국가시험에 한 번에 붙었고 대도시의 종합 병원에서 일을 시작했다. 미수는 밤낮 가리지 않고 사람을 구했다. 소환은 규칙 없이 일어났다. 며칠 연속 사람을 구하다가 한 달 내내 잠잠할 때도 있었다. 소환이 잦은 시기에는 정신을 차릴 수가 없었다. 사람을 한 번 구할 때마다 하룻밤을 새운 것처럼 피곤했다. 회복할 시간 없이 출근했다. 미수는 점점 말라갔다. 가끔은 저항하기 위해서가 아니라 너무 진이 빠져서 사람을 구하지 못했다. 가서 구하라는 목소리를 들어도 몸을 움직일 수 없었다. 사람을 구하지 못하면 끔찍한 두통이 시작되었다. 두통에 짓눌리면서 다음 소환이 어서 찾아오길 바랐다. 마침내 소환되어 단 한 명을 구하면 다시 그만큼 지쳐버렸다. 벗어나기 위해 간신히 문을 찾아 열면 다른 문을 마주하는 굴레였다. 미수는 무감해지고 싶지 않았다. 사람이 죽고 사는 문제에 익숙해지고 싶지 않았다. 그러나 때때로, 병원에서도 소환 중에도, 죽어가는 사람을 보면서 자기도 모르게 생각했다.

사람, 어차피 죽어.

즉사라면 차라리 고통이 덜하겠지.

조금 더 산다고 뭐 그리 행복할까.

살더라도 트라우마로 내내 힘들 텐데.

살 만큼 사신 분이 욕심도 많으셔라.

꼬마야, 애쓸 필요 없어. 삶은 축복이 아니란다.

악착같이 공부하던 시절 미수는 생각했다. 사람을 살리는 방법을 알면 이상한 힘을 빌리지 않고도 한 목숨이라도 더 구할 수 있을 거야. 미수는 그 마음을 기억했다. 그러나 소환 중에 미수의 의학 지식은 아무 소용 없었다. 눈앞에서 죽어가는 사람에게 개입할 수 없었다. 살리는 방법을 알기에 오히려 더 안타까울 뿐이었다. 소환을 겪었으므로 간호사라는 직업을 선택했다. 잘못된 선택이었다. 차라리 사서가 될걸. 사무원이 될걸. 요리사가 될걸. 그런데 이 모든 것, 과연 내 선택이었나? 어린이 장미수의 생활 기록부에는 다음과 같은 문장이 적혀 있다. 자기 주도적이며 리더의 자질이 있습니다, 이타적이며 책임감이 강합니다, 솔선수범하는 모습이 타의 모범이 됩니다. 상상력이 풍부하며 낙천적입니다, 능동적으로 미래를 설계하는 모습이 인상적입니다. 어른이 된 미수는 자기 삶에 선택권이 없다고 느꼈다. 자신을 위해서는 아무것도 하고 싶지 않았다.

밥을 좀 사주고 싶습니다.

신복일이 장미수에게 처음 한 말이다. 종합 병원의 약제부에서 일하던 복일은 병원의 로비나 복도, 엘리베이터에서 종종 미수와 마주쳤다. 복일이 보기에 미수는 아픈 사람이었다. 아픈 사람이 아픈 사람들을 돌보는 것 같았다. 복일의 말에 미수는 깔끔한 미소를 지어 보인 뒤 표정을 지우며 돌아섰다. 멀어지는 미수를 바라보며 복일은 생각했다. 저 사람 저러다 순식간에 가물어버리면 어쩌지. 징조도 없이 사라져버리면 어쩌지. 며칠 동안 복일은 미수를 생각하며 밤잠을 설쳤다. 어느 새벽 나이트 근무 중인 미수를 찾아간 복일은 약통을 건네며 말했다. 이거라도 드세요. 그러다 정말 큰일 납니다. 약통을 받아 들고 미수는 피식 웃었다. 젤리 형태의 어린이 영양제였다. 미수의 웃음을 보고 복일은 진짜 선물을 내밀었다. 쇼핑백에는 고급스럽게 포장한 무언가가 들어 있었다.

이건 또 뭔가요?

몸에 좋은 삼입니다.

아…… 저는 삼이 안 맞아요. 몸에 열이 많아서.

몸에 열이 많아요?

네, 어릴 때부터.

근데 이거는 정말 귀한 산삼인데.

미수는 놀란 표정으로 쇼핑백을 한 번 더 봤다.

저한테 산삼을 주겠다고요?

복일은 고개를 끄덕였다. 미수는 왜냐고 묻지 않았다. 선물을 받지도 않았다. 그 대신 같이 밥을 먹자고 했다. 나이트 근무 다음 날은 오프였고 주말이었다. 두 사람은 아침 일찍 병원 주차장에서 다시 만났다. 복일의 자동차를 타고 병원에서 멀리 떨어진 한식당으로 갔다. 미수가 고사리무침을 먹으면 복일은 미수 앞으로 고사리무침 접시를 옮겼다. 미수가 두부부침을 먹으면 복일은 미수 앞으로 두부부침 접시를 옮겼다. 미수의 젓가락이 구운 굴비로 향하자 복일은 굴비의 가시를 젓가락으로 발랐다. 미수가 물을 마시면 복일은 미수의 컵에 물을 따랐다. 두 사람은 별다른 대화 없이 밥 한 그릇을 다 먹었다.

돌아오는 차 안에서 미수는 잠들었다. 복일은 미수가 편히 자게끔 의자를 뒤로 눕혀주었다. 꿈 없는 잠. 심해처럼 깊은 잠. 눈을 뜨니 차창으로 트인 하늘과 쨍한 태양이 보였다. 어리둥절한 표정으로 미수가 물었다. 내가 잤어요? 복일은 네 하고 대답했다. 미수는 손목시계를 봤다. 밥을 먹고 다섯 시간 가까이 지나 있었다. 그 시간이 통째로 사라져버린 것 같았다. 복일이 말했다.

걱정이 돼서 몇 번이나 깨웠는데 일어나지 않았어요.

미수는 못 미더워 되물었다.

내가요? 안 일어났다고요?

복일이 말했다.

깨우지 말라고 화를 두 번 냈고요.

역시 믿을 수 없어서 미수는 되물었다.

내가 화를 냈다고요?

복일은 고개를 끄덕였다. 미수는 좌석을 바로 세워 앉으며 자기 몸을 훑어본 뒤 물었다.

그럼 그동안 복일 씨는 뭘 했어요?

운전해서 여기까지 온 다음에는 나도 좀 잤어요.

복일의 눈을 바라보다가 미수는 천천히 고개를 끄덕였다. 창밖으로 드넓게 펼쳐진 강이 보였다. 미수는 차에서 내려 기지개를 켰다. 강변의 버드나무잎이 바람을 따라 출렁였다. 오후 4시의 강물이 잔잔하게 빛났다. 복일도 차에서 내려 미수 옆에 섰다. 두 사람은 나란히 차에 기댄 채로 볕을 쬐었다.

쉬는 날마다 복일을 만나 밥을 먹고 드라이브를 하고 잠을 자면서 미수는 조금씩 힘을 얻었다. 알고 보니 복일은 말이 많은 남자였다. 복일은 미수 앞으로 반찬이 담긴 접시를 옮기면서, 운전하면서, 커피를 마시면서, 미수가 잠들기 전까지, 심지어 잠든 미수에게도 시시콜콜 이야기를 쏟아냈다. 미수는 그저 들었다. 복일과 있을 때 소환된 적도 물론 있었다. 잠든 자기 곁에서 복일이 사소한 이야기를 정성껏 하고 있을 상상에 잠시나마 안심이 됐다. 죽어가는 사람들을 바라보며 미수는 복일의 목소리를, 실없이 웃긴 이야기를 떠올렸다. 소환이 끝나면 옆에 복일이 있을 것이다. 나쁜 꿈을 꾸었느냐고 물어보겠지. 그럼 웃으면서 대답해야지. 그렇게 나쁜 꿈은 아니었던 것 같아. 결국엔 내가 사람을 구했거든. 그럼 복일은 자기가 꾼 적 있는 인상적인 악몽을 말해주겠지. 복일은 어떤 악몽을 품고 살까?

미수가 눈을 뜨자 복일이 물었다. 나쁜 꿈을 꾸었어? 미수는 대답했다. 아니, 오랜만에 행복한 꿈이었어. 복일이 의아한 표정으로 중얼거렸다. 하지만 계속 인상을 쓰던데. 미수가 대답했다. 사람이 많이 죽었는데 내가 그중 한 명을 구했거든. 미수는 웃으려고 했다. 복일의 악몽을 물어보려고 했다. 그런데 눈물이 터졌다. 당황한 복일은 미수를 안았다. 등을 토닥였다. 미수는 폭포수처럼 울었다. 죽은 사람들을 떠올리며, 덧없는 삶을 생각하며, 지쳐 더는 울 힘도 없을 때까지 울었다. 복일은 미수를 안은 채로, 이 사람과 같이 살고 싶다고, 이 사람이 눈을 떴을 때 언제나 내가 옆에 있으면 좋겠다고 생각했다.

얼마 지나지 않아 미수는 임신했다. 함께 살 집을 알아보고 서둘러 결혼을 준비하느라 시간은 빠르게 지나갔다. 한동안 소환은 없었다. 임신 6개월이 지나도록 잠잠했다. 소환이 시작된 이래 이토록 긴 휴식은 처음이었다. 일화가 태어나고 돌이 다가오도록 미수는 오직 병원에서만 사람을 구했다. 미수는 조금씩 기대를 품었다. 그 지옥이 정말 끝났는지도 몰라. 이제는 정상적으로 살 수 있을 거야. 일화의 돌이 지나고 며칠 뒤 소환은 시작되었다. 출산 휴가는 두 달뿐이었고 미수는 다시 3교대 근무에 들어간 상태였다.

일화는 엄마가 주는 것만 먹으려 했고, 엄마 아닌 사람에게는 안기려고 하지 않았다. 병원 일을 하는 동시에 일화를 키울 수 없어 천자가 미수의 집에서 지내고 있었다. 잠을 제대로 자지 못해 다시금 시들시들 말라가는 미수에게 천자는 말했다.

어서 둘째를 가져.

한 명으로도 힘들어 죽겠는데 무슨 둘째야.

둘째가 생기면 첫째가 철이 든다.

애 둘을 어떻게 키워. 난 못 해.

내가 도와줄게.

안 돼. 병원에서도 싫어할 거야.

하지만 미수도 둘째를 가지고 싶었다. 일화를 임신했을 때 잠잠했던 그날들이 그리웠다. 임신 중에는 소환이 없었던 것이 그저 우연에 불과한지 확인하고도 싶었다. 망설임 끝에 미수는 다시 임신했다. 임신 중에는 나이트 근무에서 제외되었다. 동료들은 미수에게 위험한 일을 맡기지 않았다. 첫째를 출산하고 얼마 지나지 않아 다시 임신한 미수를 비난하는 시선 또한 감추지 않았다. 미수는 묵묵히 일했다. 무표정한 얼굴로 아픈 사람을 돌봤다.

앞으로 1년. 응급 상황 없이 오랜만에 고요한 병원 복도를 바라보며 만삭의 미수는 생각했다. 아이가 태어나고 1년 지나면 다시 시작될 거야.

복도 끄트머리 병실 문이 열렸다. 늙은 사람이 느린 속도로 걸어 나왔다.

방법이 없을까. 임신하지 않고도 시달리지 않을 방법이. 미수는 간절했다. 다시 소환이 시작되면 자기 수명이 줄어들 것만 같았다. 자기 수명을 잘라내어 사람을 살리는 것만 같았다. 미수는 한동안 잊고 살던 근본적인 질문에 빠져들었다. 왜 나인가. 그것은 죽어가는 사람이 간절하게 던지는 질문과도 같았다. 어째서 나인가.

늙은 사람이 복도 벽의 지지대를 짚고 느리게 걸었다. 다가가서 도움이 필요한지 물어봐야겠다고 생각하면서도 미수는 선뜻 일어날 수가 없었다.

만약 내가 죽을 상황이라면 신은 나를 선택할까. 누군가에게 지시할까. 가서 나를 구하라고.

늙은 사람이 손을 들어 미수를 불렀다. 불안한 목소리로, 정확하지 않은 발음으로 웅얼거렸다. 미수는 몸을 일으켜 늙은 사람에게 다가갔다. 늙은 사람이 손으로 조금 전에 나온 병실을 가리켰다. 미수는 병실로 들어갔다. 비어 있는 침대는 노인의 자리. 미수는 반대편 침대의 커튼을 걷었다. 눈을 부릅뜬 환자가 누워 있었다. 심전도 장치는 환자의 심장이 멈췄음을 나타냈다. 미수는 침착하게 응급 호출 버튼을 누르고 환자 상태를 살폈다. 그때 사방이 경직되었다. 기이한 중력에 포위된 듯 몸을 움직일 수 없었다. 열기가 미수를 감싸며 시간이 느리게 흘렀다. 미수에게는 낯설지 않은 징조였다. 순간 미수는 목격했다. 죽은 사람의 동공이 미세하게 확장하고, 수축하고, 다시 확장하면서 부릅뜬 눈이 서서히 감겼다. 다시 시간이 멈춘 듯하다가 환자는 갑자기 눈을 떴다. 묶였던 시간이 풀렸다. 열기는 사라졌다. 심전도 장치는 환자의 심장이 다시 뛰기 시작했음을 나타냈다. 의사와 간호사가 다급히 병실에 들어왔다. 무슨 일이냐는 질문에 미수는 바로 대답하지 못했다. 뒤에 서 있던 늙은 사람이 분명치 않은 발음으로 말했다. 저 사람이 방금 죽었다 살아났다고. 미수는 혼란에 빠졌다. 내가 잠들었던가. 내가 이 사람을 구했나. 그러나 목소리를 듣지 못했다. 분명 깨어 있었다. 그렇다면 목격했다. 관찰자로서. 더 존재하는 것이다. 신의 부름에 시달리는 불쌍한 사람이. 대체 누구일까? 어디에 있을까? 만날 수 있을까?

　　장미수는 소환 경험을 가장 친한 친구에게 털어놓은 적이 있다. 그 친구는 망설이다가 대답했다. 네가 책을 너무 많이 읽어서 그런 거 아닐까? 상상력이 풍부해서 꿈이 더 생생한 거 아닐까? 원래 우리 나이 때는 가위도 자주 눌리고 악몽도 많이 꾸고 그러잖아. 학교 보건 선생에게 말한 적도 있다. 그는 같이 교회에 가보자고 했다. 성인이 되어 처음으로 사귄 남자에게 털어놓은 적도 있다. 그 남자는 미수가 관심을 끌기 위해 터무니없는 거짓말을 지어낸다고 판단했다. 자기 말을 의심 없이 듣고 진지하게 대꾸해준 사람은 엄마뿐이었다. 마치 자기도 겪은 일처럼 엄마는 되묻지 않고 바로 이해했다. 결혼 전에 임신한 딸에게 엄마는 차라리 잘된 일이라고 말했다. '왜 나인가'에 대한 답은 어쩌면 아주 가까운 곳에 있을 수도 있었다. 하지만 미수는 그것이 오답이길 바랐다. 엄마가 겪은 것을 자기가 겪는 중이라면 앞으로 일화가 겪을 가능성도 없지 않다는 뜻이니까. 미수는 확인하고 싶었다. 엄마가 다른 사람들처럼 대꾸하는 것을. 자기가 신의 명령으로 사람을 구한다고 말하면 엄마는 이렇게 대답해야 했다. 그게 대체 무슨 소리야. 말이 되는 소리를 해.

퇴근할 때까지 기다릴 수가 없어서 집으로 전화를 걸었다. 임천자의 목소리 너머로 일화의 자지러지는 울음소리가 들렸다. 미수가 물었다. 혹시 엄마도 사람을 구해? 임천자가 대답했다. 뭐라고? 내가 뭐? 미수는 다시 물었다. 엄마도 잠들면 이상한 목소리를 듣고 사람을 구하는 거야? 임천자는 되물었다. 어디야, 병원 아니야? 설마 근무 중에 잠든 거야? 미수는 간절한 마음으로 질문했다. 그러니까 엄마는 지금 내 말을 이해한다는 거지? 잠깐 침묵하다 임천자는 대답했다. 지금 너무 정신없으니까 집에 와서 얘기해. 장미수는 듣고자 했던 말을 듣지 못했다.

신복일도 신일화도 잠든 깊은 밤 어두운 거실에 임천자와 장미수가 나란히 앉았다. 미수가 첫 번째 질문을 했다.

엄마는 다 알고 있었지?

천자는 천천히 대답했다.

처음에 난 내가 무당이 될 팔자인 줄 알았다. 신내림을 받으면 나을까 싶었지. 근데 그조차 아니었어. 무당은 신의 보호라도 받지. 희생의 대가라도 얻지.

말끝에 천자가 피식 웃었다. 피로와 자조가 실린 자포자기의 웃음이었다.

미수는 두 번째 질문을 했다.

엄마도 나처럼 한 사람만 구해?

그래, 나도 매번 한 사람만 구한다. 하지만 모르겠어. 우리가 같은 것을 겪는지. 나는 내 것만 알 수 있으니까. 나도 네 나이 때는 너무 힘들었어. 반항하는 마음이 컸지. 그래서 잠을 자지 않으려고도 했다. 며칠 밤을 뜬눈으로 새웠더니 길에서 쓰러졌어. 기절한 거지. 근데 그 잠깐 동안 그 일이 일어나더라. 기절한 상태로 사람을 구하고, 이게 무슨 팔자인가 싶어서, 평생을 이렇게 살 수는 없겠다 싶어서 그 다음엔 시키는 대로 하지 않았어. 그날부터 손에 힘이 들어가지 않더라. 숟가락을 들 수도 없고 내 힘으로 물 한 잔 마실 수가 없었어. 네가 겪는 두통 같은 거겠지. 다음부터는 그저 시키는 대로 했다. 나도 살아야 하니까.

장미수는 서둘러 세 번째 질문을 했다.

언니 오빠들은? 미림이는? 우리 중에 나만 그런 거야?

임천자는 잠시 대답을 망설이다 고개를 숙여 자기 손을 바라보며 말했다.

그런 것 같아. 너도 봐서 알겠지만 다른 애들은 멀쩡하게 살아가잖아.

천자는 다행이라는 말을 덧붙이지 않았다. 사람들에게 임장군이라 불리는 임천자, 체구는 작으나 손힘이 대단해 맨손으로 수박도 쪼개 먹는 임천자가 기운 없이 마른세수를 했다.

장미수는 네 번째 질문을 했다.

엄마, 혹시 오늘 낮에도 그 일을 했어?

천자는 아니라고 대답했다. 일화를 돌보느라 깜빡 졸 사이도 없었다고. 미수는 중얼거렸다. 그럼 더 존재하는 거야. 우리처럼 불쌍한 사람이. 그중 한 명이 오늘 내 앞에서 사람을 구했어. 그 말을 듣고 천자는 묘한 위로를 받았다.

미수는 다섯 번째 질문을 했다.

그럼 이걸 끝낼 방법을 엄마도 몰라?

천자는 말없이 긴 숨을 내쉬었다. 미수는 엄마 탓을 하고 싶지 않았다. 엄마는 자식을 여섯 명 낳았다. 엄마도 쉬고 싶었을까? 잠을 편히 자고, 죽음을 생각하지 않고, 사람을 구하면서도 죄책감에 빠지는 굴레에서 잠시나마 벗어나고 싶었을까?

미수는 마지막 질문을 했다.

왜 먼저 말해주지 않았어? 왜 계속 모르는 척했어? 같은 일을 겪는다는 걸 알았으면 먼저 말해줬어야지. 일화도 우리처럼 살면 어쩌려고. 보상은 없고 책임만 있는 이런 노예 같은…….

천자는 부질없는 소리라는 듯 중얼거렸다.

그런다고 네가 아이를 포기했을까.

미수는 엄마 탓을 하고 싶지 않았다. 그러나 치솟는 원망을 억누르기 힘들었다. 지금에 와서 할 수 있는 말은 아이를 포기하지 않았으리라는 답뿐이지만, 그건 일화를 만났기에 가능한 대답이었다. 일화가 세포에 불과하던 시절에 비밀을 알았더라면 다른 선택을 했을지도 모른다.

나는 네 짐을 덜어줄 생각뿐이었어.

그 짐을 일화가 짊어질 수도 있잖아.

네 자식들은 또 다를 수도 있어. 이게 꼭 대를 잇는 일이라는 보장은 없으니까.

그래도 나한테 먼저 말했어야지. 내가 선택하도록 도왔어야지.

이건…… 거부할 일도 아니고 원망할 일도 아니야. 언젠가는 네가 기적 속에 있다는 걸 알게 될 거다. 네 자식을 그렇게 구한다고 생각해 봐. 그때도 오직 한 사람만 구할 수 있다고 불행해할까.

미수가 해보지 않은 생각은 아니었다. 동시에 미수는 다른 생각도 했다. 만약 내 자식 대신 다른 사람을 구해야 한다면? 신이 그것을 지시한다면? 그것까지 기적이라고 말할 수 있을까?

신금화가 사라진 이후 미수는 소환될 때마다 절절매며 신에게 빌었다. 내 딸을 찾아달라고. 생사라도 알려달라고. 시신이라도 거두게 도와달라고. 제발 내 딸을 불쌍히 여겨 보살펴 달라고. 내가 여태 빠져 살던 지옥의 대가가 내 딸의 생존이라면 나는 죽을 때까지 기꺼이 감당하겠다고. 응답은 없었다. 신은 부당했다. 악의 없이 잔인했다. 장미수에게 신은 전능에 도취한 존재에 불과했다. 복종은 당연하며 자기 말을 따르지 않으면 벌을 내리는 독재자. 장미수는 때로 저항하듯 사람을 구하지 않았다. 끔찍한 두통을 선택했다. 두통은 생생했으므로 두통 속에 있는 편이 낫다고 여겼다. 그러다 견디지 못하고 사람을 구했다. 악순환. 돌고 도는 쳇바퀴에서 손에 쥘 수 있는 것은 패배감과 무력감뿐. 이제 중요한 이야기는 바로 이것이다. 임천자의 기적, 장미수의 악마, 신목화의 목표인 신은 무엇인가.

둘이었다가 하나가 된 나무.
부활한 나무.
시간을 초월한 생명.
무성한 생에서 나뭇잎 한 장만큼의 시간을 떼어 죽어가는 인간을 되살리는 존재.

그 모든 것을 목화는 첫 소환에서 깨달았다.

임천자의 엄마는 전쟁 전에 죽었다. 아버지는 시체도 없이 '죽었다'라는 소식으로만 돌아왔다. 동생 두 명은 병으로 죽었다. 아니, 배가 고파 죽었는지도 모른다. 아플 때 먹을 것이 없었다. 맥없이 순식간에 죽어버리는 사람을 숱하게 보면서 천자는 살아남았다. 전쟁은 끝났지만 전쟁 같은 삶은 이어졌다. 천자는 신이 인간을 사랑한다고 생각해 본 적 없었다. 그러므로 "주님은 당신을 사랑하십니다"라는 전교에 넘어가지 않았다. 천자는 신이 자비로운 존재라고 생각해 본 적 없었다. 그래서 인자한 표정의 불상을 보고도 마음이 흔들리지 않았다. 천자에게 신은 부모와 형제를 죽도록 내버려 둔 존재, 그리고 자기를 죽이지 않은 존재였다. 그것에 사랑이나 자비를 거론할 수는 없었다. 천자는 버릇처럼 기도했으나 기도가 이루어지지 않는다고 원망하지도 않았다. 신에게 질문하지 않았고 그 존재를 알려고 시도하지 않았다. 온몸을 던져 가까스로 막고 있는 뚜껑을 열고 싶지 않아서였다. 뚜껑이 열리면 용암처럼 끔찍하고 무서운 질문이 튀어나올 테고, 그것은 천자의 생존을 위협할 것이었다. 천자는 일찌감치 순응했다. 젊을 때는 자신의 죽음이, 나이 들어서는 자식의 죽음이 두려워서. 100년 가까이 살아온 임천자는 이제 두려운 것이 없다. 평생 두려움을 만지고 살아 그것은 처음의 모양을 잃고 동글동글 작아졌다. 마음에 들끓던 용암은 긴 세월 조금씩 새어 나와 초라하게 식어버렸다. 산도 하늘도 흙도 신도 너무 익숙해진 나머지 마치 자기와 한 몸 같았다. 젊어서 사람을 구하던 기억 모두 아득해지고, 죽음은 느닷없이 내리치는 번개가 아닌 서서히 다가오는 안개 같은 것. 천자는 죽음이 근처에 있음을 느낄 때마다 귀찮았다. 날벌레처럼 성가시고 우스웠다. 죽음은 천자 근처에서 힘을 쓰지 못했다.

미수는 복일에게 두통의 이유를 구체적으로 말한 적이 있다. 금화를 임신하기 전이었다. 미수의 말은 언뜻 이해하기 힘들었지만 그동안 복일이 지켜본 미수의 삶이 있기에 믿지 않을 수도 없었다. 복일은 수면 장애, 공황 장애, 환각,

환청, 조현병, 우울증, 수면 치료, 최면 치료 등을 떠올리다 물었다. 내가 뭘 할 수 있어? 당신을 도우려면. 미수는 대답했다. 가끔은 내가 정말 그 일을 하고 싶지 않을 때가 있어. 그럼 위장에 부담이 적고 효과는 강력한 두통약을 지어줘. 며칠 고민 끝에 복일은 미수에게 제안했다. 병원 일을 그만 두고 약국을 운영하자. 당신 건강에도, 아이들 키우기에도 그게 더 나을 거야. 복일과 미수는 약국을 개업했다. 복일은 제조하고 미수는 그 밖의 일을 맡아 했다. 복일은 미수에게 사람을 구하고 두통을 피하라고 말하지 않았다. 그 대신 두통을 잠재우고 체력을 증진시킬 각종 약품 정보를 세심하게 살펴봤다. 복일에게 사랑은 심장이었다. 사랑이 멈추면 삶도 끝이었다. 미수를 걱정하는 마음이 들던 순간부터 그랬다. 금화의 실종으로 사랑도 잠시 힘을 잃을 뻔했지만 복일에게 미수는 바다였다. 자식들은 바다를 건너야 닿는 섬이었다. 금화의 실종 이후 미수는 더욱 자주 두통을 선택했고 복일은 미수를 위한 약을 찾았다. 미수에게는 사랑이 있었다. 그 사랑으로 신에게 굴복하지 않을 수 있었다.

미수는 금화의 실종에 신이 관여했다고 믿었다. 이성적으로 이해 불가능한 소환 경험과 금화의 실종에는 상관관계가 있을 수밖에 없다고 생각했다. 만약 신이 금화를 선택했다면, 금화를 다른 방식으로 소환했다면, 어딘가에서 금화가 사람을 구하고 있다면, 빌어먹을 신이 금화를 이용하고 있다면 미수는 견딜 수 있었다. 죽은 건 아니니까. 신의 일을 돕고 있을 테니까. 목화가 열여섯 살 새벽에 잠에서 깨어 울며 자기를 찾았을 때 미수는 목화의 운명을 직감했고 신에 대한 저주는 다시금, 이전과는 비교할 수도 없을 만큼 강렬하게 치솟았다. 목화에게 짐을 지울 작정이었다면 금화는 대체 어디로 데려간 거야?

천자에게 두려움이, 미수에게 사랑이 있었다면 목화에게는 질문이 있다. 미수는 천자와 달리 경험과 깨달음을 목화에게 상세하게 알려주었다. 목화는 몇 차례 소환을 겪으며 엄마와 자신의 경우를 비교했다. 엄마는 지시하는 자를 '신'이라고 했다.

왜 신이라고 해?

그 터무니없는 것을 신이 아니면 뭐라고 부르겠니.

신이 아니야. 나무야.

장미수는 그것의 존재를 몰랐다. 언제나 목소리만 들었으니까. 목화는 첫 소환부터 목소리와 동시에 나무를 느꼈다. '봤다'라는 표현은 적절하지 않았다. 이미지는 한 템포 느리게, 마치 시각이란 수단을 성급히 찾아서 뒤늦게 기록한 것처럼 남았다. 애초에 목화는 그것을 다른 감각으로 인지했다. 세계 중심의 작은 나무, 그 나무가 뿜어내는 깊은 감정, 나무를 호위하는 숲, 숲을 움켜쥐고 있는 거대한 뿌리를 직감했다. 마치 자신이 그 뿌리에 사로잡힌 숲 자체인 것처럼. 보통의 나무라고 생각하진 않았지만 신이라고 부르고 싶지도 않았다. 그런 존재에게 신을 부여하기 싫었다. 목화의 말을 듣고 미수는 생각했다. 우리의 경험은 전부 다를지도 몰라. 명령하는 존재는 하나가 아닐 수도 있어. 하지만 확인할 길은 없었다. 미수는 오직 자신의 것만 겪을 수 있었다. 천자처럼 순응하거나 미수처럼 저항하지 않고 목화는 판단을 미룬 채 우선 경험했다. 자기 경험을 축적하고 미수의 정보를 취합하고 천자의 깨끗한 장수를 목격한 목화에게는 세 가지 목표가 있다.

첫째, 알아내는 것.

둘째, 통과하는 것.

셋째, 증명하는 것.

그 가을의 숲에서 금화를 잃고 목수를 잃을 뻔했을 때 목화는 어린아이였다. 상황을 제대로 파악하거나 받아들이기 어려운 나이. 열여섯 살에 처음 사람을 구한 뒤 한동안 목화는 그 숲에서 일어난 일을 매일 복기했다. 기억을 뒤져 자신이 놓친 것을 찾아내려고 했다. 단서를 찾기 위해서. 또다시 그와 비슷한 일이 일어난다면 후회 없는 선택을 하기 위해서. 동일한 상황을 수천 번 돌이켜 본다고 비밀이 풀리는 건 아니었다. 그 대신 목화는 침착한 사람이 되었다. 만약 이렇게 했다면, 그렇게 하지 않았다면…… 가정할수록 목화는 냉철해졌다. 당황을 극도로 경계했다. 목화는 상상했다. 만약 저 나무가 쓰러진다면, 저 자동차가 돌진한다면, 건물이 무너진다면, 저 포클레인이 나를 덮친다면, 가스가 폭발한다면, 합선으로 불이 난다면, 모르는 사람이 갑자기

폭력을 휘두른다면. 위험은 어디에나 존재했다. 나무의 명령으로 사람을 구할 때마다 목화는 자기 상상이 현실에서 일어나는 것을 봤다.

미수는 단 한 사람만 살릴 수 있다는 사실 때문에 고통스러워했다. 천자는 그것을 기적이라고 했다. 목화가 보기에 모두 감정이 섞인 해석이었다. 감정에 치우치는 것을 경계하는 목화는 자기 역할을 중개인이라고 정의했다. 나무와 사람 사이의 중개. 나무가 사람을 살리려고 해도 목화 없이는 살릴 수 없다는 점이 중요했다. 목화는 자기 몫을 잊지 않으려고 했다. 그렇게 건조하고 냉정하게 생각하려고 아무리 애써도 사람이 죽어가는 것을 지켜보는 일은 고통이었다. 목화는 자기를 보호하기 위한 주문을 만들었다.

지구 인구는 80억.
80억분의 1.

주문은 효과를 거두지 못했다. 80억분의 1인 금화 때문에 가족은 힘겨운 시간을 보냈으므로. 80억분의 1인 목수가 다시 위험에 처한다면 목화는 무슨 짓이든 할 테니까. 중개에 관해 목화는 목수에게 거의 말하는 편이었다. 목수와 목화는 이미 비현실적인 일을 함께 겪은 사이였다. 두 사람 사이에 믿지 못할 이야기는 없었다.

처음에는 그저 듣던 목수가 어느 날부터 목화의 말을 기록하기 시작했다. 기록이 중요하다고 목수는 말했다. 경험이 쌓이면 어떤 패턴을 찾을지도 몰라. 패턴을 알면 그다음을 생각해 볼 수 있을 거야. 처음에는 목화가 직접 기록하려고 했지만 이내 포기했다. 중개에서 깨자마자 기록할 힘이 없기도 했고, 말하는 것과 글자로 적는 것은 무척 달랐으니까. 글자는 확연했다. 기억을 선명하게 덧칠하고 감정을 증폭시켰다. 때로 목화는 "많이 죽었어"라는 말 외에는 꺼내지 못했다. 그럴 때 목수는 "한 명을 살렸다"라고 기록했다.

고등학생 때는 밤새 중개를 겪느라 시험을 치다가 잠든 적도 있다. 쉬는 시간 책상에 엎드려 자던 중에 중개를 겪기도 했다. 선생님에게 주의를 듣고 점수는 떨어지고 친구들과 어울릴 여유는 없었다. 장미수는 말했다.

나도 처음에 일이 가장 많았어. 우리 일을 샤머니즘에 빗댄다면 갓 신내림 받은 무당을 사람들이 많이 찾는 것과 비슷하겠지. 나이 들수록 일도 조금씩 줄 거야. 근데 정말 일이 줄어드는지 익숙해져서 줄었다고 느끼는지 헷갈리기도 해. 하지만 명심해. 너와 내 경우는 다를 수도 있어.

목화의 유년기에는 이미 금화의 실종이라는 충격이 있었다. 그것은 목화의 인생에 옹이를 남겼다. 중개를 시작하고 사람들의 죽음을 지켜보면서 옹이는 거듭 늘었다. 자잘한 상처를 계속 받아서 서서히 약해지는 것 같았다. 짓무르고 썩어 줄기가 텅 비어가는 것만 같았다. 언젠가는 얕은 바람에도 꺾이고 쓰러질 것만 같았다. 금화를 데려간 나무처럼. 목수의 목숨을 뺏으려고 했던 그 나무처럼.

어느 날 목화는 말했다. 내 인생은 없는 것 같아. 목수는 그것을 기록했다.

어느 날 목화는 말했다. 내 인생은 거짓말 같아. 목수는 그 또한 기록했다.

어느 날 목화는 말했다. 사실 남들도 다 이런 경험을 하는 거 아닐까? 다들 겪으니까 말하지 않는 거 아닐까? 근데 나만 엄살을 부리는 거 아닐까? 목수는 그것을 기록하지 않았다.

어느 날 목화는 목수를 비웃으며 말했다. 멍청아, 너는 내 말을 다 믿니? 목수는 그것을 기록하지 않았다.

어느 밤 목화는 목수를 흔들어 깨우며 중얼거렸다. 어쩌면 정신병인지도 몰라. 목수는 그 또한 기록하지 않았다.

겨울이었다. 밤은 길었다. 잠에서 깬 목화는 창을 바라봤다. 무언가가 흩날리고 있었다. 흰 꽃잎처럼 보였다. 조금 전까지 목화는 병원에 있었다. 갑자기 심장이 멈추거나 뇌기능에 이상이 생기거나 출혈이 멈추지 않는 사람들을 바라보고 있었다. 기계에서 다급한 신호가 울리고 의료진은 뛰어다녔다. 환자는 의식을 잃고 가족들은 살려달라고 매달렸다. 어떤 사람에게는 죽음을 준비하고 마지막 말을 전할 축복이 주어졌다. 어떤 사람은 응급실에서 보호자를 만나기도 전에 죽었다. 목화는 중환자실에 누워 있는 한 사람을 살렸다. 중개를 마치고 눈을 뜨자 타는 듯 목이 말랐다. 사람을 살릴 때의 열기 때문인지 중개 끝에는 매번 갈증에 시달렸다.

머리맡에 둔 휴대폰으로 간신히 팔을 뻗어 통화 버튼을 눌렀다. 잠시 뒤 목수가 문을 열고 물었다. 물 갖다줘? 목화는 대답할 힘이 없었다. 목수는 컵에 물을 따르고 전자레인지에 넣어 잠깐 데웠다. 따뜻해진 컵을 두 손으로 감싸 쥐고 목화 방으로 갔다. 목화의 몸을 일으켜 물 마시는 것을 돕다가 창밖을 바라보며 중얼거렸다. 눈이 오네. 두어 모금 물을 마신 뒤 목화가 물었다. 눈이 왜 오는지 알아? 어둠 속에서 목수는 어리둥절한 표정을 지었다. 목화가 말했다. 겨울이니까. 대기 중에 수증기가 많고 기온은 영하니까. 목수에게는 느닷없는 말이었지만 이제 막 중개를 끝낸 목화에게는 그런 것이 필요했다. 과학. 이론. 자명한 사실. 설명 가능하고 누구나 이해할 수 있는 것. 목화는 눈에 대한 정보를 계속 떠올렸다. 수증기와 구름. 영상과 영하. 기온이 낮을수록 눈 알갱이는 단단하고 작다. 함박눈은 비교적 덜 춥고 바람이 불지 않을 때 내린다. 기온과 습도에 따라 눈의 결정(結晶)은 결정된다. 똑같은 결정은 없다. 각각 다른 눈송이는 결국 녹아 사라진다. 무미건조한 사실에 불과한데도 생각할수록 감정이 섞였다. 왜 모두 다를까. 다른 삶을 살다가 결국 죽을까. 생명은 어째서 태어날까. 탄생이 없다면 두려워할 죽음도 없을 텐데.

눈 내리는 하늘은 오묘하게 밝았다. 흰 눈송이는 흰 나비처럼 조용히 날아다녔다. 목수는 목화의 중개를 기록할 노트를 꺼냈다.

목화가 목수에게 물었다.

중개하면서 가장 많이 듣는 말이 뭔지 알아?

목수는 짐작하여 대답했다.

글쎄, 살려달라는 말?

목화는 천천히 고개를 저으며 대답했다.

사랑한다는 말.

그날 목수는 그 말을 기록했다.

중개에서 깨어나고 며칠 뒤 사람이 죽은 장소를 유추해서 찾아간 적이 있다. 새벽에 일어난 사고였다. 가로등 빛이 닿는 건물 입구에서 그는 홀로 죽었다. 늦게까지 공부하고 돌아오는 길이었을까. 야근으로 늦어진 걸까. 어쩌면 회식이 길어졌는지도 모른다. 남색 셔츠 소매를 팔꿈치까지 걷어 올린 그는 묵직한 백팩을 메고 있었다. 이어폰을 귀에 꽂은 채 땅바닥만 보고 걷던 그가 문득 멈춰 서서 가로수를 올려다봤다. 이마에 맺힌 땀을 닦으며 긴 숨을 내뱉었다. 고민이 있었을까. 그저 지쳤던 걸까. 잠시 주위를 둘러보던 그는 불 꺼진 건물 입구의 계단에 앉아 벽에 몸을 기댔다. 잠시만 앉아서 쉬자고 생각했을 것이다. 그를 지켜보며 목화는 심한 갈증을 느꼈다. 중개 때문에 일어나는 갈증이 아니었다. 자기가 아니라 그의 갈증 같았다. 멀지 않은 곳에서 고양이 한 마리가 그를 바라봤다. 그는 고양이를 바라보며 살짝 웃었다. 고양이가 사라진 자리를 빤히 바라보다가 천천히 눈을 감았다. 2차선 도로를 달리는 자동차. 간혹 그의 앞을 지나가던 사람들. 누구도 그의 심장이 멈췄다고 생각하지 못했을 것이다. 목화는 그가 앉은 건물에 붙어 있던 간판과 주소를 기억했다. 멀지 않은 도시였다. 버스를 타고 그곳으로 갔다. 그가 올려다보던 가로수를 목화도 잠시 올려다봤다. 고양이가 머물렀던 자리를 바라봤다. 그가 앉았던 자리에 앉아 그처럼 벽에 몸을 기댔다. 떠날 때는 그곳에 생수 한 통을 남겨두었다.

늦은 밤 운전하다가 갓길에 잠시 차를 세운 사람이 있었다. 그는 비상 깜빡이를 켰고 차게 식은 커피를 마셨다. 긴 하품을 하면서 휴대폰을 꺼내 삼십 분 뒤로 알람을 설정했다. 잠시만 눈을 붙이자고 생각했을 것이다. 삼십 분 뒤 알람이 울렸다. 경쾌하고 희망찬 노랫소리가 흘러나왔다. 괜찮다고, 잘될 거라고, 너에겐 눈부신 미래가 있다고 응원하는 노래였다. 비상 깜빡이는 구조 신호처럼 깜빡깜빡. 휴대폰이 방전될 때까지 노래는 반복되었다. 버스를 타고 그 길을 지나치다가 목화는 자기도 모르게 그 노래를 떠올렸다. 그는 거기 있다가 사라졌다. 혼자라고 생각했겠지만 목화가 지켜봤다.

이른 새벽 홀로 눈을 뜬 노인이 있었다. 그는 천천히 몸을 일으켜 앉았다. 머리카락을 쓸어 넘기며 파란빛이 감도는 방을 둘러봤다. 머리맡의 컵을 들어 입술을 조금 적시고 시간을 확인했다. 그리고 옆에서 곤히 잠든 노인의 얼굴을 한동안 들여다봤다. 반백 년 넘게 바라본 얼굴. 눈앞에 없더라도 입술 옆 작은 점까지 그려볼 수 있는 그 사람의 얼굴에 새벽빛이 드리웠다. 뭉친 이불을 정돈하고 어깨를 덮어주던 그는 일정한 속도로 오르내리는 상대의 몸에 잠시 손을 갖다 대었다. 흔들어 깨우고 싶은 강렬한 욕망을 느끼는 듯 손에 잠시 힘이 들어갔다. 그는 가볍게 상대의 몸을 토닥였다. 그는 그를 바라보고 누웠다. 잠시 후 천천히 눈을 감았다. 편안한 잠 속에서 심장은 멈췄다. 마지막까지 바라보고 싶은 사람을 바라보다가 그는 죽었다. 되살리지 않아도 좋을 죽음을 목화는 목격했다.

건설 현장에서 추락한 사람이 있었다. 현장은 넓고 건물은 높고 그는 혼자였다. 자재를 옮기는 중이었다. 시끄러운 기계음과 타격 소리와 고함 속에서 고요하게 추락했다. 안전 펜스는 없었다. 2인 1조 원칙도 없었다. 안전모는 소용없었다. 목화는 그의 눈빛을 응시했다. 그의 고통을 느꼈다. 보고 싶은 사람이 있었을 것이다. 하고 싶은 말이 있었을 것이다. 마지막 숨. 그는 거기 있었다. 목화가 끝까지 지켜봤다.

노후 설비를 교체하다가, 자재를 옮기다가, 조형물을 설치하다가, 이물질을 제거하다가, 청소하다가 수많은 노동자가 죽었다. 부실한 슬레이트 천장이 부서졌다. 옹벽이 무너졌다. 크레인이 흔들렸다. 땅이 붕괴했다. 철거 중인 벽이 쓰러졌다. 기계에 몸이 빨려 들어가거나 끼였다. 동료들에게 바로 발견되지 못하고 홀로 죽어가는 사람도 있었다. 신문과 뉴스는 전하지 않는 소식들. 노후 장비나 안전 장비 부실이 아닌 개인의 부주의로 수렴되는 사고들. 가족에게조차 경황을 제대로 알리지 않고 은폐한 죽음들. 중개가 아니었다면 모르고 살았을 것이다. 목화는 지켜봤고 매번 단 한 사람을 살렸으나 살렸다는 느낌은 아주 희박했다. 목화는 엄마의 증오를 이해했다. 그 증오를 자기 몸에 심지 않으려고 노력했다.

죄책감 없이 여자를 폭행하고 납치하고 감시하고 죽이는 남자들. 목화는 봤다. 눈을 감고 싶어도 감을 수 없고, 자기 가슴을 내려쳐도 아픈 줄을 모르고. 많은 여자를 구하지 못했다. 언제나 단 한 명이었다. 뉴스에 나오지 않는 사건들. 어둡고 위험하고 고립된 곳에서 일어나는 일들. 아는 남자가, 모르는 남자가, 오늘 처음 만난 남자가, 아버지가, 연인이, 배우자가, 오빠가, 남동생이, 아들이 여자를 때리고 죽였다. 그럴 때 목화는 냉혈인이 되고 싶었다. 영화에 나오는 스나이퍼나 킬러처럼, 죄책감 없이, 기계적으로 사람을 죽이고 싶었으나 그것은 방금 목화가 지켜본 그 남자들의 모습이기도 했다. 목화는 죽이는 사람이 아니라 살리는 사람. 살리기 위해서는 목격해야만 했다. 어느 날 목화는 중개 중에 커다란 액자를 봤다. 액자에는 다음과 같은 문장이 적혀 있었다.

그분께서는
악인에게나 선인에게나
당신의 해가 떠오르게 하시고,
의로운 이에게나 불의한 이에게나
비를 내려주신다.

〈마태오복음〉 5장 45절

목화는 죽어가는 사람 대신 액자를 집요하게 노려봤다. 한 글자, 한 글자 씹어 먹듯 마음에 새겼다. 액자가 걸린 공간에서는 폭행이 일어나고 있었다. 그분은 어디에 있는가. 그분은 어째서 존재하는가. 나무가 그 여자를 지목하지 않는다면 목화는 그 여자를 살릴 수 없다. 그러나 나무의 지목과 상관없이 목화는 그 남자를 죽일 수 있다.

단 한 사람이었다.

목화는 너무 많은 사람을 구하지 못했다.

목수는 인근의 대학을 2년 다닌 뒤 입대했다. 목화도 같은 대학에 진학했고 목수와 함께 휴학했다. 취업, 학점, 서열, 스터디, 자격증, 스펙, 토익, 인턴, 어학연수, 동아리, 친목, 연애……. 낮에는 동기들에게 그런 이야기를 듣고 밤에는 그것들을 걱정하거나 성취한 뒤 죽는 사람들을 봤다. 경쟁, 비교, 질투, 오해, 실패, 성공, 협력, 따돌림, 배려, 양보, 뒷말. 사람들 사이에서 그런 것을 경험하다가 잠이 들면 그런 것에 뒤범벅된 죽음을 목격하기도 했다. 돌진하는 죽음을 피할 방법은 기적뿐이었다. 기적이란 그 사람이 어떻게 살아왔느냐를 따지지 않고 룰렛처럼 무작위로 일어났다.

허무.

목화는 꿈을 가지려고 했다. 흥미와 적성을 찾고 미래를 준비하고 싶었다. 미수처럼 사람을 살리는 일에 적극적으로 몰두할 각오까지는 못 했지만 사람에게 도움이 되는 일을 직업으로 삼고 싶었다. 미수는 목화에게 조언했다.

무슨 일을 하게 되든 힘들 거야. 사람들의 이해를 구하기도 어렵겠지. 그러나 네가 남들과 다르다고 생각하지는 마. 말할 수 없는 비밀은 누구에게나 있어. 남들은 하지 않는 일을 네가 하는 건 사실이지. 하지만 누가 알겠니. 네가 하지 않는 일을 또 누군가가 하고 있을지.

조언은 큰 도움이 되지 않았다. 삶이 이렇다 저렇다 말을 들어도 자기 삶을 살아내는 사람은 목화뿐이었다. 살아봐야 알 수 있었다. 살아본 뒤 깨달을 진실이 부디 엄마와 같은 내용은 아니기를 목화는 바랐다.

휴학한 뒤 목화는 다양한 파트타임 아르바이트를 경험했다. 패스트푸드점에서 간단한 음식을 만들거나 주문을 받았다. 편의점에서 계산을 하고 물건을 채웠다. 초등학생들의 교재를 복사하고 시험지를 채점했다. 대형 음식점 구석 자리에서 설거지를 했다. 분주한 사무실에서 쓰레기통을 비우고 탕비실을 청소하고 하라는 일은 뭐든 했다. 학교

도서관의 책을 정리하고 옮겼다. 목화는 할 수 있는 일과 하지 못할 일을 조금씩 파악했다. 낮에 일하고 밤에 숙면을 취해야 하는 일은 피할 수밖에 없었다. 중개가 겹치면 근무 태만 소리를 듣기 쉬웠다. 사람을 많이 만나는 일도 내키지 않았다. 목화는 얼굴을 잘 기억했다. 한 번이라도 만난 사람을 중개에서 지켜보고 싶지는 않았다. 간호사로 오랫동안 일한 엄마가 새삼 대단하게 느껴졌다. 싸우는 힘. 엄마에게는 그것이 있었다. 그럼 나에겐 무엇이 있나. 목화는 답을 찾지 못했다.

명절맞이 선물 세트를 포장하는 단기 아르바이트를 할 때였다. 카놀라유, 구운 소금, 참치 통조림, 스팸 통조림, 참기름, 올리고당이 컨베이어 벨트에 실려 오면 상자에 넣는 반복 노동이었다. 제품 모양대로 만든 틀이 상자에 내장되어 있었다. 벨트에서 카놀라유 대신 구운 소금을 먼저 집더라도 구운 소금은 구운 소금 칸에 넣으면 그만이었다. 일의 순서보다 속도가 중요했다. 목화 옆에는 늘 같은 남자가 서서 다른 순서와 동일한 속도로 일했다. 반복 노동이 지루한지 남자는 종종 혼잣말을 했다. 스팸으로 만들어졌다면 스팸 자리에. 스팸은 절대 카놀라유 자리에 들어갈 수 없고.

비슷하게 생겼지만 참치 자리에도 들어갈 수 없지. 남자의 혼잣말에는 리듬이 있었다. 리듬감은 반복 노동에 도움이 되었다.

혼잣말을 들으며 목화는 씨앗을 생각했다. 극지방과 사막에서도 싹을 틔우는 씨앗. 히말라야 꼭대기의 식물. 아스팔트 틈에서 피어나는 민들레. 동물은 살 수 없는 곳에도 식물은 존재한다. 일단 씨앗이 튼튼하게 뿌리를 내리면 그 뿌리를 통째로 제거하지 않는 이상 자르고 짓밟고 꺾고 짓이겨도 거듭하여 줄기와 잎을 만들어낸다. 열대 야자수인 워킹팜은 해가 들지 않는 곳의 뿌리는 죽이고 해가 드는 곳의 뿌리를 자라게 하면서 1년에 20센티미터까지 이동한다. 뿌리를 내린 곳에서 죽을 때까지 살아야 하는 식물의 운명을 뒤엎은 나무. 명절 선물 세트를 채우며 목화는 운명을 생각했다. 씨앗. 온도. 습도. 토양. 뿌리. 줄기. 잎. 꽃. 열매. 어디까지를 운명이라고 할 수 있을까.

목화 씨는 언제나 순서대로 물건을 채우더라고요.

아르바이트 마지막 날이었다. 옆에 서 있던 남자가 말을 걸었다.

정말 단 한 번도 빠짐없이.

그렇지는 않았다. 순서를 틀린 적이 몇 번 있었다. 목화는 굳이 대답하지 않았다. 업체에서는 급여와 함께 아르바이트생들이 일주일간 포장한 명절 선물 세트를 줬다. 그것을 들고 건물을 나서면서 남자가 다시 말을 걸었다. 자기는 통조림 참치를 먹지 않으니 목화가 괜찮다면 자기 몫의 통조림 참치를 주고 싶다고. 두 사람은 건물 모퉁이 벤치에서 상자를 열었다. 상자 안의 제품을 가만히 내려다보던 남자가 말했다.

그냥 다 가질래요? 완벽한 세트에서 참치만 빼기가 좀⋯⋯.

참치를 왜 안 드세요?

참치는 텁텁하고 맛이 없어요.

참치마요 안 드세요? 전에 김밥 드시던데.

아, 그건 먹죠. 그건 맛있으니까.

목화는 말없이 남자를 쳐다봤다. 남자는 어리둥절한 표정으로 목화의 시선을 받아내더니 아아 하고 웃으며 중얼거렸다. 마요네즈를 사야겠구나. 목화가 말했다. 참치는 라면에 넣어도 맛있어요. 달걀말이에 넣어도 괜찮고. 남자가 고개를 끄덕이면서 말했다. 듣다 보니 배고프네요. 춥기도 춥고. 찬 바람이 불어와 두 사람의 머리칼을 헝클였다. 주변을 둘러보던 남자가 분식집을 가리켰다. 같이 김밥에 라면 먹을래요?

분식집에 들어간 두 사람은 마주 앉아 김밥과 라면을 먹었다. 헤어질 때 남자는 목화에게 휴대폰 번호를 알려달라고 청했다. 이후 아침과 밤마다 남자에게 메시지가 왔다. 잘 잤느냐는 질문. 잘 자라는 인사. 목화는 답하기 어려운 메시지. 목화는 남자와 비슷한 문장으로 답을 전했다. 얼마 뒤 남자는 같이 영화를 보러 가자고 했다.

두 사람이 함께 본 영화는 〈아무르〉. 극장을 나오며 목화는 생각했다. 만약 영화에 등장한 부부 중 한 명을 되살린다면 그 또한 기적이라고 사람들은 얘기할까.

마음이 좀 복잡하네요.

남자의 말에 목화는 고개를 끄덕였다. 남자가 말을 이었다.

상을 많이 받은 이유를 알 것도 같고.

상을 많이 받았어요?

남자는 영화 팸플릿을 목화에게 보여주며 말했다.

수학의 난제 같아요. 전문가들은 쉽게 답을 내릴 수 없는 것에 열광하잖아요. 그거 아세요? 모든 과학에는 수학식이 있는데 비행기가 나는 원리 중에 아직 답을 찾지 못한 방정식이 있대요. 나비에 스토크스 방정식이라고, 3차원에서도 해가 항상 존재하는지를 아직 증명하지 못했대요. 그러니까…… 답이 없어도 비행기는 나는 거죠.

목화는 남자의 말을 되풀이했다.

답이 없어도 비행기는 나는구나.

고개를 끄덕이며 남자가 말했다.

이유를 몰라도 좋은 건 좋은 거고.

목화가 말을 이었다.

왜 사는지 몰라도 계속 사는 것과 비슷하네요.

극장 밖에는 눈이 내리고 있었다. 두 사람은 근처 분식
집에 김밥과 라면을 먹으러 들어갔다가 계획과 달리 떡만
둣국을 시켰다. 새해가 다가오고 있었다. 두 사람이 일주일
동안 포장한 선물 세트를 사 들고 사람들은 새해 인사를 다
닐 것이다. 당분간 지구에는 "새해 복 많이 받으세요"라는
축복의 말이 각각의 언어로 무수히 떠돌 테고. 며칠 전에는
다양한 나라의 많은 사람이 자기들 언어로 "메리 크리스마
스"를 전했을 거였다. 매일 다른 언어로 지구 곳곳에서 무
수히 전해질 축하 인사는 또 있었다. 생일 축하해. 매일 발
화되는 위로도 있었다. 고인의 명복을 빕니다. 탄생을 축하
하고 죽음을 애도하는 무수한 목소리가 매 순간 지구를 맴
돈다.

목화는 맞은편에 앉은 남자가 떡국을 먹는 모습을 바라

보며 생각했다. 이 사람은 머리숱이 참 많구나. 오른쪽 눈썹 옆의 흉터는 어쩌다 생겼을까. 귀가 참 크네. 인중이 뚜렷하구나. 잠은 잘 잘까. 어떤 꿈을 자주 꿀까. 무슨 계절을 좋아할까. 옷장에는 어떤 색깔의 옷이 많을까. 카페에서는 주로 무얼 주문할까. 마요네즈는 샀을까. 생일은 언제일까. 두서없는 생각에 죽음은 없었고, 목화는 편안함을 느꼈다.

목화가 물었다.

생일이 언제예요?

남자가 대답했다.

2월 19일이요. 절기로 따지면 우수인데, 눈이 녹아서 비가 된다는 뜻이래요. 그날이 지나면 서서히 새싹이 돋는대요. 그 의미가 마음에 들어요. 목화 씨는 생일이 언제예요?

목화가 대답했다.

눈이 많이 내리는 날.

남자가 되물었다.

대설?

목화가 고개를 끄덕였다. 창을 가리키며 남자가 말했다.

생일 축하해, 목화야.

창밖에 눈이 많이 내리고 있었다. 목화가 웃었다.

증명할 수 없으나 존재하는 것

남자의 이름은 한정원. 정원의 생일에는 비가 내렸다. 그날 목화는 처음으로 정원의 집에 갔다. 집보다는 방이라는 단어가 어울리는 곳이었다. 목화는 생일 선물로 라일락 씨앗을 심은 화분을 준비했다. 정원은 비를 맞도록 화분을 창밖에 내놓았다. 정원의 옷장에는 검은색과 흰색 옷이 반반 비율이었다. 정원의 냉장고에 마요네즈는 없었고 소주 네 병과 생수와 먹다 남긴 콜라가 있었다. 냉장고 위에는 두 사람을 이어준 명절 선물 세트 상자가 있었다. 뚜껑을 열어보니 새것 그대로였다. 싱크대 위에는 가스레인지 대신 휴대용 버너가 있었다. 양은 냄비 하나가 있을 뿐 프라이팬은 없었다. 두 사람은 하나의 우산을 쓰고 근처 마트로 가서 프라이팬과 달걀과 쪽파와 당근을 샀다. 집으로 돌아와 명절 선물 세트 상자에서 카놀라유와 참치 통조림과 구운 소금을 꺼냈다. 통조림을 따려다가 뚜껑에 찍힌 유통 기한을 봤다. '2017. 02. 19까지'라는 표시에 목화와 정원은 복권에 당첨된 사람들처럼 좋아했다. 목화는 참치와 파와 당근을 넣어서 두툼한 달걀말이를 만들었다. 참치와 쪽파와 달걀을 넣고 라면도 끓였다. 라면을 끓일 때 면과 수프 외에 다른 것을 넣어보기는 처음이라고 정원이 말했다. 목화가 물었다. 달걀도? 정원은 그렇다고 대답했다.

작은 상 위에 라면과 달걀말이를 올려두고 즉석밥과 함께 먹다가 정원이 물었다. 소주 마실래? 소주잔은 없었고 머그잔 두 개가 있었다. 두 사람은 각자의 머그잔에 마시고 싶은 만큼 소주를 따랐다. 휴학하고 처음 마시는 술이었다. 정원도 술을 좋아하는 편은 아니라고, 가끔 수면제 삼아 마신다고 했다. 술은 각성제에 속한다는 목화의 말에 그래서인지 술을 마시면 꿈을 더 많이 꾸는 것 같다고 정원이 대꾸했다.

주로 어떤 꿈을 꿔?

말도 안 되는 꿈을 꾸지.

예를 들면?

죽어서 만날 수 없는 사람을 만난다거나 내가 엄청나게

위대한 일을 한다거나.

어떤 위대한 일?

정원은 쑥스럽게 웃으며 말했다.

그걸 말하기는 좀 그러네.

술의 힘으로 목화는 물었다.

혹시 너도 꿈에서 사람을 구해?

정원은 놀라며 대답했다.

어떻게 알았어? 대충 비슷한데, 스파이더맨처럼 높은 건물을 막 뛰어다니면서 악의 무리로부터 사람들을 구하거든. 마블 영화를 좋아해서 그런 꿈을 꾸나 봐. 그 꿈을 꾸고 나면 기분이 너무 좋아. 너도 마블 좋아해?

목화는 웃으려고 노력하며 대답했다.

난 배트맨 좋아해. 초능력은 믿지 않는 편이어서.

정원은 얼굴의 흉터를 만지며 말했다.

그렇다면 넌 자본을 믿는 편이구나.

목화는 골똘한 표정을 지으며 중얼거렸다.

그보다…… 인간의 복수심을 믿지.

정원은 흉터를 만지며 웃었다. 눈썹에서 광대뼈까지 가늘고 기다란 흉터.

흉터는 어쩌다 생겼어?

······몰라. 기억에 없어.

부모님한테 물어보지.

······엄마도 잘 모른대. 사실 이게 내 버릇인데, 불안하거나 긴장하면 여길 계속 만지거든. 그럼 묘하게 마음이 가라앉으면서 안심이 돼. 자꾸 만져서 흉터가 사라지지 않은 건지도 몰라. 그냥 뒀으면 지금보다는 희미해졌을 텐데. 나중에 면접 다니면서도 나도 모르게 이럴까 봐 요즘은 좀 걱정이야.

목화가 물었다. 지금도 긴장돼? 정원은 고개를 끄덕였다. 혹시 나 때문에? 정원은 어색한 미소를 지었다. 잔잔한 빗소리가 방을 채웠다. 어딘가에서 눈이 녹고 있겠지. 씨앗은 어둠 속에서 싹을 틔울 준비를 마쳤을 테고. 어쩌면 실낱같은 새싹이 움텄을지도.

며칠 뒤 정원에게 문자 메시지가 왔다.

화분에 새싹이 올라왔어.

이어서 도착한 사진에는 두 장의 연두색 잎이 담겨 있었다.

개강 후 정원은 바빠졌다. 졸업을 1년 앞둔 상황에서 취업 준비와 아르바이트를 함께 해야 했다. 학교로 돌아갈 생각이 없었던 목화는 청소 일을 시작했다. 2인 1조를 이루어 새벽 4시부터 아침 7시까지 4층 건물의 사무실과 복도, 화장실을 깨끗이 하는 일이었다. 쓸고, 닦고, 정리하는 그 일이 목화는 좋았다. 낮에는 잠을 자고, 오후 6시부터 밤 11시까지 편의점 아르바이트를 했다. 낮에 겪는 중개가 깨어났을 때 그나마 충격이 덜한 것 같아서 밤에는 되도록 자지 않는 편을 선택했다. 편의점 아르바이트를 마치면 종종 정원을 만나서 같이 밥을 먹고 천변을 걸었다. 걷는 동안 정원이 하는 말은 대개 비슷했다. 피곤해. 힘들어. 죽겠다. 말이 아닌 한숨 같았다. 화를 낼 때도 있었다. 학교 동기들에게, 교수에게, 점주에게, 손님에게, 같이 일하는 동료에게 쌓인 불만과 불평이었지만 그 말을 듣는 대상은 목화여서 마치 목화에게 화를 내는 것만 같았다. 때로 정원은 싸우고 싶은 사람처럼 보였다. 누구하고든 싸워서 쌓인 화를 분출하려는 에너지가 느껴졌다. 그럴 때 목화는 죽은 사람들을 생각했다. 정원도 그렇게 느닷없이 죽을 수 있다고 생각하면 불평과 불만을 그저 들을 수 있었다.

한편으로 정원은 목화가 선물한 라일락 나무를 매일 아침 해가 드는 곳으로 옮기고 비 예보가 있으면 창밖에 내놓

는 사람이었다. 목화의 출퇴근길을 걱정하는 사람. 양말과
속옷을 살 때 목화 것까지 사고, 자기는 김밥만 먹으면서도
목화가 끼니를 대충 때우려고 하면 염려하는 사람. 어딘가
에 부딪히거나 베여서 목화의 몸에 상처가 생기면 바로 알
아보는 사람. 모두 정원의 사랑이었고 그와 같은 다양함에
는 충돌이 없었다.

　편의점 일을 마치고 정원의 방에서 짧은 잠을 잔 뒤 청
소하러 갈 때도 있었다. 정원과 같이 자다가 중개를 겪은
날 기진맥진하여 눈을 떴을 때 정원은 울고 있었다. 목화가
식은땀을 흘리면서 앓는 소리를 냈다고 했다. 아픈 것 같아
서 계속 흔들어 깨웠는데도, 정말 세게 흔들었는데도 네가
일어나지 않았다고, 너무 무서웠다고. 목화에겐 정원을 달
랠 힘이 없었다. 아이처럼 우는 정원을 바라보며 목화는 방
금 목격한 장면 중 하나를 되새겼다. 길에서 사람이 죽었다.
어디였을까. 언제 일어난 일일까. 곧 뉴스에 나올지도 모른
다. 밝혀지지 않는다면 내가 그 장소를 알아내서 신고해야
한다. 너무 어두웠다. 거리에는 온통 프랜차이즈 상점뿐이
었다. 지역을 눈치챌 만한 특징이 없었다.
　우리 엄마가 너처럼 죽었어.

정원이 눈물을 흘리며 말했다.

내 옆에서 자다가, 너무 고통스러워하다가. 그때 나는 너무 어려서 울기만 했는데, 전화기로 아무 번호나 눌러서 도와달라고 했는데 그때는 이미 늦어버렸어. 그런데 나는 여전히 이 모양이야. 나는 아직도 너무 멍청하잖아.

목화는 무거운 팔을 들어 정원의 무릎을 매만지며 간신히 중얼거렸다.

미안해. 내가 가끔 가위에 눌려서. 정말 미안해.

말하며 생각했다. 내가 이 사람을 살리지 못하면 어떡하지.

사랑하는 사람이 생긴다는 건 신에게 구걸할 일이 늘어난다는 것. 목화는 아무도 사랑하고 싶지 않았다.

청소를 끝내고 퇴근하는 길이었다. 출근하는 사람들 틈에 섞여 버스를 기다리는데 평소에는 느끼지 못한 강렬한 나무 향이 바람에 실려 왔다. 그 향을 찾아 걷다가 길 끝의 목공소를 발견했다. 내부에서 키 작고 마른 남자가 전기톱으로 나무를 자르고 있었다. 어린아이가 만화 영화를 보듯 넋 놓고 그 장면을 바라보던 목화는 목공소 안으로 성큼 들어갔다. 밀도 높은 나무 향이 목화를 둘러쌌다. 다채로운 크기로 잘라놓은 목재가 사방에 널려 있었다. 한쪽 벽면에는 나무의 종류와 재질과 용도를 간략하게 정리해 둔 종이가 여러 장 붙어 있었다. 목화는 글자를 따라 읽었다. 아카시아. 느티나무. 고무나무. 삼나무. 소나무. 자작나무. 대나무. 목화는 중개할 때마다 느끼는 나무를 떠올렸다. 그 나무의 종은 무엇일까. 침엽수는 아니었지만 잎이 넓진 않았다. 키도 크지 않았다. 줄기는 굵은 편이라고 말할 수 있을까. 크기나 굵기 모두 상대적이어서 단언하기 어려웠다. 플라타너스처럼 잎이 넓진 않았으나 편백처럼 좁지도 않았다. 자작나무처럼 키가 크진 않았으나 산수유나무만큼 작지도 않았다. 그러나 어딘가에는 산수유나무만큼 작은 자작나무도 있을 것이다. 촘촘한 나뭇가지가 만세 하듯 하늘을 향했다. 하얀 꽃. 붉은 열매. 줄기는 기이하게 휘었다. 구불구불한 그림자. 머릿속의 그 나무는 명확했지만 언어로 설명하면 어긋났다. 나무를 공부해야겠다는 생각이 들었다. 더불어 배워두면 좋을 것 같았다. 거대한 톱을 다루는 방법을. 나무를 안전하게 베어 내는 과정을. 목화는 아주 오랜만에 강렬한 의욕을 느꼈다.

둥근 전기톱으로 합판을 자르는 남자에게 다가가 말을 걸었지만 소음 때문에 듣지 못하는 것 같았다. 목화는 다시 멀찍이 서서 남자의 작업을 지켜봤다. 남자는 마치 가위를 사용하듯 능숙하게 톱을 다루었다. 비슷한 장비를 중개에서 본 적이 있다. 톱이 나무만을 자르는 건 아니다. 중개를 겪으며 목화가 깨달은 게 있다면 죽음은 멀리 있지 않다는 것. 물을 잘못 삼켜서 죽고 발을 잠깐 헛디뎌서 죽는다. 파란색 신호등이 깜빡일 때 서둘러 길을 건너도, 다음 신호를 기다려도 죽는다. 잘리는 합판을 보면서도 죽음을 떠올리던 목화는 지긋지긋하다고 중얼거렸다. 늘 죽음을 생각하는 삶. 추상적 죽음이 아닌 구체적 죽음의 장면에 매몰된 삶. 엄마는 "네가 남들과 다르다고 생각하진 마"라고 조언했지만 어떻게 다르지 않단 말인가. 엄마는 정말 그렇게 생각할까. 남들도 이렇게 산다고. 매 순간 죽음을 기억하면서.

마침내 남자가 전기톱을 껐다. 목화는 남자에게 다가가 말했다. 제가 이 일을 배울 수 있을까요. 남자는 목화의 말을 단번에 이해하지 못하는 것 같았다. 목화는 다시 말했다. 이 일을 배우고 싶어요. 남자가 웃으며 대답했다. 아, 근데 이건 여자가 하기 힘들어요. 목화가 거듭 말했다. 저는 이 일을 꼭 배우고 싶어요. 남자는 대답 없이 다시 전기톱을 켰다. 합판이 잘리면서 톱밥이 튀었다. 방해가 되지 않는 곳에서 작업을 지켜보던 목화는 남자가 잘라 낸 합판을 정리할 때 다가가서 도왔다. 눈치껏 자잘한 조각을 치우고 크기에 따라 합판을 나눴다. 바닥에 어질러진 노끈과 박스를 정리했다. 남자가 여길 붙잡으라고 하면 붙잡았고, 연필을 찾아 두리번거리면 같이 찾았고, 줄자를 가져오라고 하면 가져왔다. 두어 시간 지났을까. 남자가 목화에게 목장갑을 건네며 물었다.

학생?

휴학 중이에요. 다시 돌아갈 생각은 없고요.

왜? 공부는 할 수 있을 때 하는 게 좋은데.

저는 나무를 배우고 싶어요.

남자는 목화의 말을 낮게 따라 했다. 나무를 배우고 싶다고. 남자는 낮은 소리로 흥얼거리며 건물 안쪽으로 걸어갔다. 그곳에 미닫이문으로 공간을 분리한 또 다른 작업실이 있었다. 남자가 문을 열고 누군가에게 말했다. 누가 일을 좀 배우고 싶다는데. 아, 봤어? 언제 봤대? 어려 보이긴 해. 힘들 거라고 말했는데도 안 가고 계속 있네.

문 너머의 사람과 말을 나누던 남자가 목화를 돌아보며 손짓했다. 가까이 다가온 목화에게 문 너머의 남자를 가리키며 말했다. 인사해요, 여기는 내 파트너. 목화는 작업실 안의 또 다른 남자에게 고개 숙여 인사했다. 긴 머리를 하나로 묶고 헤어밴드를 한 남자는 어깨가 다부지고 키가 컸다. 작업실 안에는 커다란 테이블이 놓였고 그 위에 다양한 모양의 도마와 트레이, 차반, 연필과 줄자, 커터 칼과 종이, 머그잔과 나뭇조각이 어지럽게 늘어져 있었다. 벽면의 선반에는 나무로 만든 숟가락, 그릇, 컵, 액자, 소품 등을 진열해 놓았다. 양손에 끌과 나무를 들고 있던 남자가 목화의 인사를 받으며 말했다.

　우선 밥을 먹죠. 날도 더운데 냉면 괜찮아요? 아님 콩국수?

　배달시킨 냉면은 금세 도착했다. 테이블을 대충 치우고 냉면 세 그릇을 올렸다. 냉면을 먹으며 두 남자와 목화는 정식으로 인사를 나눴다. 남자들은 자기들을 내장 목수이자 나무 장사꾼이라고 소개했다. 지금 있는 곳은 사무실 겸 공방이고 시 외곽에 나무를 제재하고 보관하는 큰 창고가 따로 있으며 거기서 일하는 직원이 몇 명 더 있다고 했다. 두 남자는 몸의 다양한 흉터를 보여주며 각각에 얽힌 사고를 말해줬다. 인대가 끊어지고 신경이 손상되고 뼈를 봉합했다고, 발톱이 떨어져 나갔다고, 칼을 잘못 사용해서 손가락의 허연 뼈가 다 보일 정도였다고. 그들은 목화가 겁을 내고 포기하길 바라는 것 같았다. 그러나 이미 겁내고 포기하는 삶을 살고 있는 목화는, 사고와 상처와 위험에 충분히 노출된 목화는 그것에서 벗어나기 위해 나무를 알아야 했다. 직접 만져보고 들어보며 무게를 실감하고, 잘라보고 다듬으며 강도와 탄성을 파악해야 했다.

　별로 놀라지 않고 이야기를 듣는 목화에게 작은 남자

가 물었다. 근데 학생은 이쪽 일에 원래 관심이 있었나? 목화가 선뜻 대답하지 않자 두 남자는 금세 자기들만의 대화에 빠져들었다. 사실 나도 뭐 큰 관심이 있어서 이 일을 시작한 건 아니야. 삼촌 따라다니다가 들어섰지. 나는 너 따라다니다 엉겁결에. 자기야, 근데 이게 엉겁결에 한다고 하기에는 상당한 시간과 노력이 필요하지 않아? 얘는 원래 사진 찍어요. 지금도 프로젝트 생기면 며칠 출장 가고 그러지. 근데 사진 일은 너무 비정기적이어서. 난 아주 일찍부터 시작했어요. 나 어릴 때 우리 막내 삼촌이 쓰다 남은 것들로 뭐든 뚝딱 만들어 줬는데, 있잖아요, 썰매나 목마 같은 거, 그 모습이 진짜 맥가이버 같고 멋있더라고. 그래서 어릴 때부터 삼촌만 졸졸 따라다니다가 시작하게 됐지. 근데 맥가이버는 주로 무기 만들지 않았나? 몰라, 우리는 뭐든 잘 만들면 무조건 맥가이버 같다고 그랬어. 근데 자기야, 여기 학생은 맥가이버 모를걸. 아무튼 뭐든 열심히 하다 보면 좋아하게 돼. 좋아하니까 열심히 하는 거 아니고? 그게 그거 아닌가?

작은 남자는 자기를 톱 사장, 큰 남자를 끌 사장으로 부르라고 했다. 톱 사장은 제재소와 목공소의 전반적인 일을 모두 관리했다. 끌 사장은 공방에서 소품 위주로 작업했다.

톱 사장은 목화에게 두 가지를 제안했다. 시 외곽의 제재소에서 일을 시작하는 것과 목공소 일부터 배우는 것. 목공소 일은 내장 인테리어 위주인데 그것대로 배울 게 많고 다양하다고 했다. 끌 사장이 덧붙였다. 아직 나이도 어리고 일도 처음이니까 여기서 작은 것부터 배우는 편이 좋을 거야. 제재소에서 일하려면 그 근처 숙소부터 잡아야 할 텐데, 솔직히 거기서 일하는 사람들이 남자뿐이어서 우리도 학생을 거기로 보내기는 좀 그래. 톱 사장이 말했다. 힘들면 세 번 정도 참아보고 그만두면 돼. 끌 사장이 덧붙였다. 세 번 참은 게 아까워서 네 번째도 참게 될 거야.

　　톱 사장을 도와서 처음 만든 가구는 호두나무 싱크대. 현장에 나가서는 물푸레나무로 복층 계단 만드는 것을 도왔다. 자작나무로 식탁과 의자도 만들었다. 끌 사장은 숟가락부터 시작해 도마와 선반 만드는 방법을 알려줬다. 목화가 처음 혼자서 만든 가구는 팔걸이가 매끈한 1인용 의자. 두 사장은 그것을 판매하지 않고 목화에게 선물로 줬다. 목화는 그 의자를 정원의 방으로 옮겼다.

　　6개월 뒤 톱 사장과 정식으로 계약서를 쓰면서 청소 일을 그만두었다. 목화가 목공소에 출퇴근하면서 톱 사장은 제재소 작업에 더 집중할 수 있었다. 나무 들어오는 날에는 목화도 창고에 나가서 제재 과정을 지켜봤다. 나무는 속을 알 수 없었다. 겉은 상처 없이 단단해도 막상 잘라보면 속이 터지거나 썩어버린 나무가 있었고, 겉에 구멍이 있어 속도 어느 정도 곯았으리란 짐작과 달리 아주 매끈하고 단단한 속을 가진 나무도 있었다. 나이테나 옹이의 무늬 또한 나무마다 제각각이었다. 목제로 사용할 수 없을 만큼 지저분한 속을 가졌는지, 미술 작품처럼 아름다운 속을 가졌는지 일단 잘라봐야 알았다. 느릅나무, 고무나무, 참나무, 아까시나무, 너도밤나무, 오동나무, 리기다소나무 등 새로운 목재를 배울 때마다 목화는 인터넷으로 각 나무의 사진을 찾아봤다. 목화의 그 나무는 좀처럼 나타나지 않았다. 어리석었다고 목화는 생각했다. 한국에 가면 '신목화'를 찾을 수 있다는 생각과 다를 바 없었으니까. 그래도 목화는 일이 좋아서 열심히 했다. 나무를 깎고 자르고 베어 내는 일이어서, 나무의 속을 볼 수 있어서, 언젠가는 그 나무를 알아낼 수 있으리라는 희망을 품을 수 있어서.

졸업을 앞둔 정원은 수십 번 이력서를 냈고 어디에서도 합격 통보를 받지 못했다. 졸업 후에도 비슷한 날들이 이어졌다. 정원은 갈등했고, 쪼들렸고, 예민해졌으며 날이 선 감정을 목화에게 풀었다. 화를 낼 상대는 목화뿐이라는 듯 타인에게는 하지 않을 말을 목화에겐 했다. 정원은 목수 일을 선택한 목화를 그때그때 기분에 따라 이해하거나 비아냥거렸다. 대학을 졸업해도 취업은 힘드니까 일찌감치 진로를 정한 것을 다행이라 말하다가도 어려움 없이 살아서 세상 물정을 모르고 노력할 줄도 모른다고 폄하했다. 정원에게 목화는 자기를 반영하는 거대한 감정 덩어리였다. 가장 사랑하면서도 가장 하찮게 여기는 존재. 믿을 수 있는 유일한 사람이자 무심한 말 한마디의 진의를 의심하는 상대. 그 간극을 만드는 사람은 목화가 아니었다. 한정원의 상황이었다.

정원의 직계 가족은 할머니와 아버지뿐이었다. 아버지는 평생을 당신 위주로 살았다. 자신의 거짓말은 임기응변이고 타인의 거짓말은 반드시 응징해야 하는 것. 아버지는 남을 속여서 쉽게 돈을 벌다가 감옥에 다녀왔다. 자기 인생을 연민하여 자기 아닌 것을 해치고 부수길 반복했다. 어머니의 죽음에는 아버지 몫이 아주 많다고 정원은 생각했다. 성인이 된 뒤에는 연을 끊다시피 했지만 아버지는 집요하게 정원을 괴롭혔다. 돈을 요구했고 정원에게도 사기를 쳤다. 아버지의 의무나 역할은 하지 않으면서 자식의 도리는 강조했다. 정원은 아버지가 어서 죽기를 기다렸다.

학비와 생활비를 온전히 혼자 감당했으므로 정원은 빚을 질 수밖에 없었다. 빚을 지면서까지 다닌 대학이었으므로 반드시 좋은 직장에 취직해야 한다고 생각했다. 고생한 보람. 정원은 그것을 구하고자 했다. 생활비 때문에 아르바이트를 그만둘 수 없었다. 아르바이트를 하다 보면 취업에 필요한 스펙을 쌓을 시간이 없었다. 두 사람이 처음 영화를 보고 나오는 길에 목화가 했던 말. 왜 사는지 몰라도 계속 산다는 말. 그때 그 말은 아름다웠다. 목화와 정원을 삶의 방향으로 이끌었다. 취업에 실패하는 정원에게 그 말은 점차 무책임한 말로 기울었다. 계속 살아야 한다는 것. 정원은 그것을 죽을 때까지 갚아야 하는 거대한 빚처럼 느낄 때가 있었다. 그럴 때 정원은 자기가 어서 죽기를 바랐다.

목화는 일요일 오후마다 정원의 방으로 갔다. 창문을 열어 공기를 바꾸고 자신이 만든 1인용 의자에 앉아서 정원을 생각하다가 정원이 오기 전에 떠났다. 목화가 일요일 오후마다 방에 들른다는 것을 정원은 알았다. 그러나 그 의자에 앉아 자기만을 생각한다는 것은 몰랐다. 정원은 때로 목화에게 화를 낸 것을 후회했다. 사과하려고 했지만 쉽지 않았다. 어디서부터 어디까지를 사과해야 하는지 알 수 없었다. 어제 갑자기 짜증 낸 이유를 설명하려면 지금 자신의 답답한 상황을 먼저 말해야 하고, 그러려면 곤란함이나 세상의 부당함을 늘어놓아야 하는데 그런 말은 여태 질리도록 했다. 그와 같은 생각을 연이어 하다 보면 사과할 이유가 없다는 결론에 도달했다. 사실 정원은 쉽게 동요하지 않는 목화에게, 삶에 굴곡이 없어 보이는 목화에게 진짜 화가 날 때가 있었다. 정원의 눈에 목화는 너무 가뿐해 보였다. 주렁주렁 짐을 이고 들고 하루하루 걸어가는 자기에 비해 목화는 마치 운동 삼아 조깅하듯 살아가는 사람처럼 보였다. 그런 생각 속에서 언성을 높이거나 비아냥거렸다. 그러니 어떻게 사과하는가. 네가 너무 편해 보여서 화가 났다고? 그렇게 말할 수는 없었다. 그 말은 바닥을 보여주는 것이었다. 정원은 감정을 조절하지 못한 것을 후회할 뿐이었다. 취업만 하고 나면 여유를 갖게 되리라고, 삶이 달라지리라고, 목화와의 관계도 좋아지리라고 생각했다. 정원은 자기 방의 1인용 의자처럼, 라일락 나무처럼, 목화가 언제나 그곳에 있으리라고 믿었다.

여느 일요일 오후 목화는 1인용 의자에 앉아 라일락 나무를 바라봤다. 라일락은 물푸레나무과. '애시'라고 부르는 물푸레나무는 고급 목재에 속한다. 탄성이 좋아서 가구뿐 아니라 야구 방망이를 만들기도 하고 수피는 약재로 쓴다. 목화는 제재소에서 물푸레나무의 속을 본 적이 있다. 나무 안에 또 다른 나무가 자라는 것만 같은 무늬를 품고 있었다. 그것을 보며 목화는 귀신을 생각했다. 단아하고 아름다운 귀신을 품고 오랫동안 살았을 것만 같은 물푸레나무.

언젠가 목화는 네팔 구룽족의 옛이야기를 읽은 적이 있다. 그 이야기로 힌두교의 신을 알게 됐다. 창조의 신 브라흐마. 파괴의 신 시바. 수호의 신 비슈누. 목화가 그 이야기를 기억하는 이유는 한 노인이 거대한 나무의 속을 파서 죽음을 가뒀다는 내용 때문이다. 죽음이 나무에 갇히고 사람들이 죽지 않으니 세상은 혼란스러워졌다. 수호의 신 비슈누가 나타나 나무에 갇힌 죽음을 구했다. 그리고 죽음을 보이지 않는 존재로 만들었다. 사람들이 더는 어딘가에 죽음을 가두지 못하도록. 그러니까 이전까지 죽음은 보이는 존재였다. 목화는 그 이야기에 매료되었다. 나무에 충분히 죽음을 가둘 수 있다고 생각했으니까. 나무의 속을 볼 때마다 목화는 그 나무에 갇힌 것을 상상했다. 사람, 새, 반딧불, 다람쥐, 코끼리, 사슴, 꿩, 멧돼지, 곰, 구름, 빛, 어둠, 그림자, 빗물, 바람, 영혼, 노래, 시간, 슬픔, 희망, 상실, 환희, 쾌락, 즐거움, 괴로움, 기쁨, 고통, 공포, 불안, 증오, 분노, 욕망, 탐욕, 거짓, 위선, 위악, 교만, 고독, 허무, 사랑. 나무가 가두지 못하는 것은 세상에 없는 것.

라일락 나무를 응시하며 목화는 그것이 품은 것을 생각했다. 씨앗을 심던 때의 마음일까. 나무가 자라는 동안 이 방에 가장 많이 고였던 감정일까. 나무는 저곳에서 무엇을 보고 들었나. 정원은 나무를 바라보며 무슨 생각을 했을까. 목화는 천천히 눈을 감았다. 눈을 감았으니 라일락은 보이지 않았다. 눈을 뜨자 라일락은 거기 있었다. 목화는 천천히 일어나 라일락에게 다가갔다. 손바닥 길이보다 조금 더 길게 자란 라일락을 한 손으로 움켜쥐고 단숨에 뽑았다. 사방으로 흙이 튀었다. 아주 적은 힘으로도, 너무나도 쉽게, 라일락은 뿌리째 뽑혀 목화의 손아귀에 들어왔다. 목화는 움켜쥔 라일락을 바라봤다. 뿌리째 뽑혔지만 아직 죽지 않았다. 그대로 두면 서서히 시들어 죽을 테지만 그 시한은 알 수 없다. 사람의 탄생이란, 어쩌면, 뿌리째 뽑히는 것. 사랑의 시작 또한, 어쩌면, 뿌리째 뽑히는 것. 화분의 흙은 부드럽고 촉촉했다. 목화는 그 흙에 라일락을 다시 심었다. 바닥에 흩뿌려진 흙을 화분에 쓸어 담고 손으로 다졌다. 한 번 뽑혔다가 다시 심어진 라일락이 처음처럼 거기 있었다. 정원은 모를 것이다.

잠들자마자 죽음이 보였다. 곳곳이 불탔다. 연기가 자욱했다. 숨이 막혔다. 목화는 내내 어린아이만을 바라봤다. 가장 먼저 의식을 잃은 그 아이를 목화는 간절히 구하고 싶었다. 그러나 목화의 의지는 소용없었다. 나무의 선택만이 중요했다. 수많은 장면이 소거되고 목화에게 단 한 사람이 보였다. 목화는 무력감에 빠졌다. 묻고 싶었다. 어째서 그 아이가 아닌지. 어째서 배가 침몰하던 그때 나를 부르지 않았는지. 나뿐 아니라 엄마도, 할머니도 부르지 않았는지. 당신의 기준은 대체 무엇인지. 물론 목화는 알고 있었다. 침몰하는 배에서 살아남은 사람도 많다는 사실을. 자신과 엄마와 할머니를 불렀다면 적어도 세 명은 더 구할 수 있었다는 사실 또한.

증명할 수 없으나 존재하는 것

중개에서 깨어난 뒤 목화는 뉴스를 찾아봤다. 그날의 화재로 다섯 명이 사망했고 두 명이 위중한 상태라고 했다. 희생자는 아이 두 명, 노인 두 명, 소방관 한 명이었다. 사건 현장에서 구조된 남자가 방화범으로 지목되었다. 남자는 평소 신변을 비관했다고 기자는 말했다. 이어 남자가 카메라에 잡혔다. 모두 자기를 무시해서 화가 났으며, 자기만 불행한 것이 억울했고, 혼자 죽기는 무서워서 불을 질렀다고 얼굴을 가린 채 남자는 말했다. 희생된 사람들과 유가족에게 남길 말이 없느냐고 기자들이 다투어 물었다. 분노와 억울함에 대해서는 다급히 말을 토해내던 남자가 침묵했다. 목화는 죽은 사람들을 떠올리며 대답을 기다렸다. 어떤 대답도 타당하지 않겠지만 그래도 기다렸다. 남자는 말했다. 나도 이 사회의 피해자요. 나도 거기서 죽을 뻔했다고. 나를 이렇게 만든 건 이 세상이란 말이야. 목화는 바로 그 남자를 구했다. 탈진할 만큼 힘을 들여 남자 주변의 불씨를 껐다. 소방관이 구조할 때까지 남자에게 숨을 불어넣었다.

목화는 액자 속의 글귀를 곱씹었다.
그분은 어디에 있는가. 무엇을 보고 있는가.
언젠가 목화는 임천자의 혼잣말을 들었다.

신을 찾는 사람은 자기 속부터 들여다봐야 해. 거기 짐 승이 있는지, 연꽃이 있는지.

언젠가 목화는 장미수의 혼잣말을 들었다.

기도로 구할 수 있는 건 감사하다는 말뿐이지. 나머지 는 다 인간 몫이야.

목화는 종종 상상했다. 깊은 산속에서 홀로 태어나 홀 로 살다가 홀로 죽은 사람을. 작은 행성의 드넓은 바다에서 홀로 탄생해 홀로 숨 쉬다 홀로 소멸한 생명을. 끝없는 사 막에서 홀로 피어나 홀로 메말라 가는 식물을. 그들이 확실 히 존재했다고 말할 수 있을까. 그것을 어떻게 증명할 것인 가. 신은 그들에게 관심이 있는가? 우주에서 생명이란 너무 나도 이상한 현상. 신은 생명에 관심이 없다. 살려달라는 기 도를 신은 이해하지 못한다. 인류 생존의 각종 증거와 인사 말을 저장한 탐사선이 우주를 비행하더라도 그것은 돌과 불덩이와 먼지와 암흑 물질 사이를 떠돌 뿐. 적막과 적요뿐. 어둠과 고독뿐. 인류는 해변의 모래알보다도 작은 행성에 서 홀로 존재하다 홀로 사라질 것이다. 인류가 잠시나마 실 재했다는 사실을 기억해 줄 이는 없다.

다음 중개 때 목화는 처음으로 사람을 구하지 않았다.

목소리에 반응하지 않았다. 죽음을 지켜보기만 했다. 눈을 뜨자 구토가 시작되었다. 먹는 것 없이 계속 토해서 식도가 손상되었다. 목화는 버티며 질문했다.

너도 내가 필요하잖아.

이러다 내가 죽어버리면 어쩌려고.

탈진으로 시야가 흐렸다. 장미수는 목화의 팔에 주사기를 찔러 넣고 수액을 연결했다. 눈을 떴을 때는 목수가 보였다. 목화의 곁에 모로 누워 잠든 목수의 얼굴. 갓 제대해서 얼굴은 구릿빛에 머리칼은 짧았다. 다시 눈을 떴을 때는 금화가 보였다. 금화는 잠든 목수의 머리칼을 신기하다는 표정으로 쓰다듬고 있었다. 눈앞의 금화는 그때처럼 어리지 않았다. 목화만큼 자라 있었다. 어깨에 닿는 머리카락을 하나로 단정하게 묶고 줄무늬 셔츠에 베이지색 반바지를 입은 금화. 어릴 때보다 이목구비가 뚜렷해져 눈매가 더 길고 눈썹이 짙어진 금화. 건강하게 그을린 얼굴에는 주근깨가 생겼고 입술은 조금 거칠해 보였다. 금화 옆에는 커다란 백팩이 있었다.

언니.

잘 잤어?

언니, 어떻게 된 거야, 그동안 어디 있었어.

그냥, 궁금한 게 많아서 여기저기 다녔어.

미쳤어. 그 긴 시간 동안 말도 없이. 다들 얼마나 기다렸는데.

미안. 세상이 너무 넓어서.

엄마는 어디 있어? 아빠는? 목수야 일어나 봐. 언니가 왔어. 목수야.

목수도 알아. 인사했어.

근데 잔다고? 언니가 왔는데 자고 있다고?

금화가 웃으며 말했다.

너도 자고 있잖아.

목화는 심장이 내려앉는 것만 같았다. 꿈이어선 안 되니까. 꿈이라면 깨어날 테고, 금화는 사라져버릴 테니까.

걱정 마. 네 꿈은 특별하잖아.

목화의 생각을 다 안다는 듯 금화가 말했다.

언니도 알아?

그럼, 알지.

그럼 이건 꿈이 아니야?

이분법으로 나누면 편하긴 한데…… 세상에는 그런 식으로는 설명하지 못하는 일이 더 많아서. 인간의 말로는 풀어낼 수 없고 이성으로는 이해할 수 없는 일들이 있잖아.

그래도 설명해 줘. 내가 나중에라도 이해하게. 언니는 지금 어디 있어?

여기 있잖아.

거짓말. 언니는 진짜 어디에 있어?

이것 봐. 너는 내 말을 믿지 않잖아.

목화도 금화의 말을 믿고 싶었다. 하지만 꿈이었다. 꿈은 현실이 아니다. 그러나 목화는 꿈을 통해 현실의 사람을 살렸다. 설명할 수 없고 이해할 수 없는 일을 숱하게 경험했다. 목화는 생각했다. 침착하자고. 이런 기회가 다시없을지 모른다고. 언니가 나를 찾아온 이유가 있을 거라고. 금화는 목화의 손을 지그시 잡으며 말했다.

자책하지 마, 목화야. 기운을 차리고, 밥을 먹고, 너의 일을 해.

금화의 손은 부드러웠다. 온기가 느껴졌다.

언니는 언제나 여기 있어?

글쎄, 세상은 너무나 크고 아직 보지 못한 것이 많아서. 나는 방금까지 새파란 호수를 바라보고 있었어. 호수가 얼마나 맑고 넓은지. 나무는 얼마나 높고 무성한지. 바람은 상쾌하고 꽃향기는 달콤했어. 촉촉한 흙의 감촉, 잔잔한 웃음소리, 그런 것들 속에서 행복해하다가 문득 슬퍼졌어. 너희의 고통이 느껴졌거든. 그래서 와보니까 어쩜, 꼬맹이 쌍둥이가 어느새 어른이 다 되었네.

언니, 이제 가지 마. 우리랑 같이 있자.

한곳에 오래 머물면 외로워질 거야.

우리가 잘할게. 외롭게 두지 않을게.

외로움은 그런 게 아니야. 너도 알잖아.

언니, 나를 도와줘. 난 이 일을 계속하고 싶지 않아. 언니는 방법을 알지?

미안해. 난 너를 도울 수 없어.

금화의 손에 힘이 들어갔다. 반가운 악력을 놓치고 싶지 않아 목화는 그 손을 힘껏 잡았다. 금화가 다짐하듯 말했다.

하지만 내가 널 지켜줄게.

목화는 눈을 떴다. 목수와 눈이 마주쳤다. 꿈이든 현실이든 상관없었다. 금화를 만났다. 그토록 찾아 헤맬 때는 나타나지 않다가 스스로 원하여 찾아왔다. 너도 만났어? 목수가 물었다. 너한테는 언니가 뭐라고 했어? 목화가 되물었다. 자연스러운 거니까 자책하지 말라고. 목수가 멍한 표정으로 말을 이었다. 보이지 않는다고 사라진 건 아니라고. 그리고…… 언니는 언제나 우리가 되고 싶었대. 목수는 어릴 때처럼 손등으로 눈물을 닦았다.

금화의 실종 이후 목수는 검은 구멍을 품고 살았다. 아주 중요한 열쇠니까 절대 잃어버리면 안 된다는 당부를 듣고, 그 당부에 책임을 느껴 아무도 예상하지 못할 곳에 완벽하게 열쇠를 숨기고, 너무 완벽하게 숨겨서 자기마저 그곳을 잊었다는 죄책감. 목수는 구멍을 들여다보며 혼잣말했다. 나만 기억해 내면 모든 게 해결될 거야. 그렇게 되뇔수록 기억은 검어지고 전후 상황은 뒤섞였다. 목화가 나무에 깔렸는지, 자기가 산을 뛰어 내려갔는지, 어른들이 올라와서 금화를 숨겼는지, 금화가 벌떡 일어나서 자기를 향해 나무를 넘어뜨렸는지, 목화가 자기를 버리고 도망갔는지, 누군가가 도끼로 나무를 찍었는지, 그러니까 그 숲에 우리 셋 말고 누가 더 있었는지, 그 숲에서 무엇을 보았고 지웠는지 목수는 무수한 가능성을 상상했고 그중에 어떤 것은 진짜처럼 느껴지기도 했다. 목화가 중개에 시달릴 때 목수는 불면에 시달렸다. 목화와는 다른 의미로 목수에게 나무는 무서운 것, 비밀스러운 것, 자기 숨통을 끊어놓을 수 있는 것이었다. 목수 또한 나무를 통해 알아내고 멈추어야 할 것이 있었다. 목화가 다시 구토를 시작했다. 토할 것이 없어 침과 위액을 뱉어냈다. 목수는 손바닥으로 그것을 받아내며 울었다. 목화가 찾는 것을 목수도 찾고 싶었다.

꿈속에서 금화는 목수에게 말했다. 영원한 건 오늘뿐이야. 세상은 언제나 지금으로 가득해. 목수야, 언젠가 나를 위해 작은 배를 만들어 바다에 띄워줄래? 목수는 그 말을 목화에게 전할 수 없었다. 마치 금화의 작별 인사 같았으니까. 하지만 금화는 "언젠가"라고 했다. 쌍둥이에게 시간을 맡겼다. 목수는 더 기다릴 수 있었다. 목화도 마찬가지일 것이다. 언젠가는 자연스레 당도할 것이다. 더욱 맑게 울 수 있을 때. 더는 누구도 탓하지 않을 수 있을 때. 받아들일 수 있을 때.

목수는 목화가 하는 일을 같이 하겠다고 나섰다. 목화와 목수를 보고 톱 사장은 말했다. 전혀 쌍둥이 같지 않은데. 끌 사장이 덧붙였다. 뭐랄까, 약간 자매 같은 분위기는 있어. 목수가 싱긋 웃으며 대꾸했다. 제가 언니들 틈에 자라서요. 톱 사장이 물었다. 근데 이름이 어떻게 목수야? 목수가 대답했다. 제가 지은 이름이 아니어서. 끌 사장이 말했다. 내가 아는 사람 중에는 시인도 있어. 이름이 윤시인이야. 아, 선수도 있어. 이름이 백선수야. 톱 사장이 물었다. 근데 목수는 이 일을 왜 하려고? 목수가 목화를 가리키며 대답했다. 얘가 하는 건 저도 해야 돼서요. 끌 사장이 물었

증명할 수 없으나 존재하는 것

다. 왜? 쌍둥이여서? 목수가 대답했다.

그냥, 우린 원래 그랬어요.

라일락 나무는 잘 자랐다. 목화는 화분을 한 번 갈아줬고, 길게 뻗은 라일락 가지를 잘라서 다른 화분에 심었다. 그것을 목공소의 그늘진 곳에 두었다. 얼마 지나 흙을 파보니 뿌리가 돋아나고 있어 볕이 잘 드는 곳으로 화분을 옮겼다. 그러는 사이 정원은 사원증을 갖게 되었고 인턴 시기를 무사히 마쳤다. 그토록 원하던 정직원이 된 것이다.

여전히 거기 있는 목화에게 정원은 말했다.

우리 이제 여행도 다니고, 캠핑도 가고, 기념일도 챙기고, 남들 하는 것 다 하고 살자.

목화는 1인용 의자에 앉아 라일락 나무를 바라보며 정원의 말을 들었다. 삶에 관한 정원의 계획은 구체적이고 평범했다. 청약, 적금, 아파트, 결혼, 신혼부부 전세자금대출. 목화는 바로 그 순간을 기다려왔다. 하고 싶은 말이 있었기 때문이다. 정원의 계획은 아주 멀리까지 뻗어갔다. 아이는 두 명을 낳고, 아이들이 유치원에 가기 전에 더 넓은 아파트로 옮기고, 아이들이 초등학교에 들어가면 목화는 공방을 열고, 클래스를 운영하고……. 목화는 고개를 끄덕이며 정원의 말을 들었다. 정원은 행복해 보였다. 목화는 다시금 깨달았다. 정원에게는 정말, 취업이 먼저였다. 이제부터 그 자리에 다른 일이 들어올 것이다. 프로젝트, 실적, 야근, 회식, 사원 평가, 승진, 상사와의 관계, 스트레스, 청약, 분양, 대출, 이직. 때로는 일상의 자잘한 감정과 컨디션이 들어올 테고 그럼 목화는 다음으로 밀릴 것이다. 가장 사랑하는 사람이어서 그렇게 될 것이다. 수많은 죽음을 목격한 목화는 그와 같은 사랑을 너무 잘 알았다. 죽어가는 사람의 후회를 들었으니까. 혹은 원망을, 마지막까지 묻는 책임을, 비탄을, 이해해 달라는 호소를. 답이 없어도 비행기는 난다. 목화가 없어도 정원은 행복하다. 어떤 나무는 내부가 썩어 텅 비어도 쓰러지지 않고 그 자리에 서 있다.

정원의 계획을 들은 뒤 목화는 말했다.

저 나무, 달라진 것 없어?

정원이 라일락 나무를 바라보며 대답했다.

글쎄, 더 많이 자랐나?

왼쪽에 있던 가지를 내가 잘랐어. 화분에 심고 기다렸더니 뿌리가 나더라.

아, 그랬어? 그건 어디 있어?

목공소에 뒀어.

그래, 잘했네.

씨앗부터 시작했잖아.

그랬지.

같은 나무라고 할 수 있을까?

응?

저 나무와 목공소의 나무를 같다고 할 수 있을까? 같은 씨앗에서 자랐으니까.

그럴 수 없지 않나? 똑같은 형태로 자라진 않을 거잖아.

응. 그렇더라. 전혀 다른 모양으로 자라고 있어.

그럼 다른 나무지.

같은 씨앗이잖아.

그거는 약간…… 너와 목수 같은 경우 아니야?

목수와 나는 다른 사람이란 뜻이네.

그럼. 당연하지.

너와 내가 다른 사람인 것처럼.

그걸 또 그렇게 비교하긴 힘들지.

사실은 저 나무를 한 번 뽑았었어. 뿌리째 뽑았는데도 다시 심으니까 죽지 않았어.

뽑았다고? 왜?

목화는 이 순간을 기다렸다. 헤어지자고 말하기 위해서였다. 목화의 그 말을 듣고 정원은 고개를 숙였다. 관자놀이를 두 손으로 받치며 중얼거렸다. 왜 그래, 목화야. 우리 지금까지 잘해왔잖아. 목화는 의자의 팔걸이를 천천히 매만졌다. 그 의자에 앉아서 정원과 하고 싶은 것을 생각해 본 적이 있었다. 정원이 앞서 말한 여행, 캠핑, 청약, 결혼 같은 것은 아니었다. 하고 싶지 않은 것들이 먼저 떠올랐다. 원망하지 않는 것. 후회하지 않는 것. 기대하지 않는 것. 미워하지 않는 것……. 우리는 서로에게 무엇을 가두고 싶었던 걸까. 목화는 잊지 않을 것이다. 눈 내리는 창밖을 가리키며 "생일 축하해, 목화야"라고 말하던 정원을. 참치와 파와 달걀을 넣은 라면을 먹으며 놀라워하던 표정을. 흉터를 만지며 불안을 잠재우던 옆모습을. 비 오는 날이면 잊지 않고 화분을 창밖에 내놓던 정성을. 한없이 취약한 순간 외로워 보이던 정원의 뒷모습을. 그러나 목화는 정원의 흉터가 되고 싶진 않았다. 목화는 의자에서 일어났다. 목화에게 이별은 아무것도 아니었다. 실종도 죽음도 아닌 헤어짐은 정말 아무것도 아니었다. 적당한 때 화분을 갈아주지 않으면 라일락 나무는 죽는다. 그 사실을 정원도 모르진 않을 것이다.

어떤 사랑은 끝난 뒤에야 사랑이 아니었음을 안다.

어떤 사랑은 끝이 없어서 사랑이란 것을 알아차리지 못한다.

어떤 사랑은 너무 멀리 있어 끝이 없다.

어떤 사랑은 너무 가까이 있어 시작이 없다.

평범한 한 명들

나무는 지구에서 가장 키가 크고 오래 사는 생물. 나무는 동물과 바람에 씨앗을 묻혀 바다를 건너고 대륙을 가로지른다. 봄에는 꽃을 피우고 여름에는 열매를 맺고 가을이 오면 잎을 떨어트리고 겨울에는 멈추었다가 봄이 오면 다시 피어난다. 폭풍, 짐승, 해충, 세균, 박테리아, 인간에 의해 나무는 일상적으로 상처를 받고 그것을 치료하는 데 평생을 쓴다. 보이지 않는 곳에 나이테를 만들면서, 땅속 깊이 더 멀리 뿌리를 내리면서, 하늘 높이 더 멀리 잎을 틔워 올리면서 오직 한자리에서 수천 년을 살아가는 나무에게 죽음이란 무엇인가.

캘리포니아 세쿼이아 국립 공원에는 3200년 동안 산 거대한 세쿼이아가 있다. 그 앞에 선 사람이 흡사 개미처럼 보일 만큼 커다란 나무다.

'므두셀라'라는 이름을 가진 캘리포니아의 브리슬콘 소나무는 나이가 대략 5000살이다. '므두셀라'는 〈창세기〉에 나오는 노아의 할아버지 이름으로, 성경에 따르면 969년을 살았다.

스웨덴에는 9500년 넘게 산 독일가문비나무가 있다. 지구의 마지막 빙하기가 끝난 뒤 자라기 시작한 그 나무는 하나의 몸통으로 1만 년 가까이 산 것이 아니다. 줄기가 죽어도 뿌리가 살아 있어 500년에서 700년마다 새로운 줄기를 재생하는 방식으로 살고 또 살았다.

같은 뿌리를 공유하는 나무 집단까지 한 그루 나무에 포함한다면 미국 유타주에는 8만 년 동안 산 나무들이 있다. 전 세계에서 가장 오래된 사시나무 군락. 43헥타르를 빼곡하게 채운 그 나무들은 하나의 뿌리로 이어져 유전자가 완벽하게 같다. 줄기 하나에서 수백 개의 가지와 수만 장의 잎이 돋아나는 것처럼 줄기는 제각각 돋아도 뿌리가 같으므로 그 숲 자체를 단 하나의 생명체, 단 한 그루의 나무라고 볼 수도 있다. 숲을 지탱하는 뿌리는 깊은 땅속에서 빙하기를 견뎠다. 네안데르탈인이 멸종하고 호모사피엔스가 유일한 인류로 살아남은 시기는 대략 3만 년 전. 인류는 앞으로 얼마나 더 생존할까? 오직 나무만이 지구의 역사를 안다. 마지막까지 증명할 것이다. 하나의 뿌리로 부활하고 환생하며 무리를 지어 살아가는 그들에게 생명이란 무엇인가.

거듭 전쟁을 겪고 산을 불태운 한국에 수만 년을 살아남은 나무가 존재할 가능성은 거의 없다. 한국에서는 수령이 수백 년이어도 천연기념물이고 그 마을의 당목이며 사람들은 나무에 정령이 깃들었다고 믿는다. 목화는 한국의 최고령 나무를 찾아다녔다. 그 나무는 없었다. 그 나무에 비하면 천연기념물로 지정된 나무들은, 뭐라고 할까, 그저 경이로웠다. 그 나무는 경이를 넘어선 경악이 있다. 그 나무는 현존한다. 꿈과 현실 사이에서, 끔찍한 구토라는 육체적 고통과 죄책감이라는 인간적인 감정을 이용하여 목화를 지배한다. 목화는 이제 그 나무의 잎 모양을 알고, 열매의 크기를 알고, 꽃의 생김새를 안다. 그러나 그 나무의 마음은 알수가 없다.

금화가 사라진 뒷산에 오른 목화는 '널 지켜주겠다'는 금화의 말을 떠올리며 무릎을 꿇고 기도했다. 목화는 나무가 인간의 목숨에 개입하는 이유를 찾고 싶었다. 그것은 나무의 마음을 이해하려는 시도였다. 나무가 어디에 있는가보다 그 나무가 왜 그러는가를 아는 것이 중요할 수도 있다. 그것을 알면 방법을 찾을지도 모른다. 나무를 찾아내고 접근하여 베어버리지 않고도 중개를 끝낼 방법을. 임천자는 때가 되면 산에 올라 각종 약초와 산나물을 따 왔다. 고사리에 관하여 언젠가 임천자가 해준 말이 있다. 고사리는 찾으려고 들면 절대 안 보여. 코앞에 있어도 알아보지 못하지. 그러다 한번 보이기 시작하면 걷잡을 수 없어. 끊임없이 보이고 또 보이지. 따고 따도 계속 나오는 거야. 홀려서 코를 박고 고사리만 따라가다 길을 잃는 거야. 밤이 오는 거야. 산에 갇히는 거야. 고사리가 보이면 정신을 바짝 차려야 해.

　　실제로 임천자는 산에서 길을 잃은 적이 있다. 어둠 속에서 임천자는 꾸준히 내리막길을 걸었는데 밤 깊어 산의 정상에 닿았다. 그곳에 작고 단단한 나무 한 그루가 있었다. 나무는 그 산의 주인이 바로 자신임을 온몸으로 드러내고 있었다. 임천자는 나무 앞에 몸을 엎드려 빌었다. 그 나무 아래 있으면 산짐승도 슬금슬금 피해 가리라 믿었다. 나무에 의지하여 두려움을 견디던 그 밤 임천자는 깊은 곳에 묻어둔 채 온몸으로 막은 질문을 기어이 떠올렸다. 내 동생 임명자와 임석태가 죽을 때 나는 왜 죽지 않았을까? 똑같이 굶주리다가 같은 풀죽을 먹고 같은 물을 마셨고 같이 아팠는데 왜 나만 살아났을까? 의문은 더욱 생생한 기억을 불러왔고 또 다른 의문을 물고 왔다. 그때 어째서 나만 총알을 피했을까? 지뢰를 밟지 않았을까? 그 역병 속에서 나는 어떻게 살아남았나? 집에 불이 난 적도 있다. 가진 것이 없어 몸만 빠져나왔다. 물난리로 온 동네가 잠긴 적도 있다. 역시 가진 것이 없어 몸만 빠져나왔다. 임천자는 그 밤 내내 생각했다. 젊은 시절 자기가 살리던 단 한 명들처럼 자기 또한 누군가의 단 한 명이었을 가능성에 대하여. 그렇게 살아났기에 사람을 살리는 일을 맡았을 가능성에 대해서도. 날이 밝았고, 임천자는 무사히 산에서 내려왔다.

다음 날부터 임천자는 매일 새벽 맑은 물을 떠 놓고 깨끗한 정신으로 기도했다. 자기가 살아나던 순간 죽었을 존재들을 위해서. 그리고 언제나 그랬듯 자기가 깨달은 것을 장미수에게 말하지 않았다. 언젠가 장미수 스스로 깨닫기를 기다렸다. 깨닫지 못한다면 그 또한 장미수의 운명이라 믿으면서. 그러나 장미수에게는 '왜 나인가'에 대한 답이 이미 있었다. '임천자의 자식이니까' 이상의 답은 필요 없었다. 신목화에게 '왜 나인가'란 질문은 중요하지 않았다. 태어나고 싶어서 태어난 게 아닌 것처럼 이미 주어진 운명이었다. 신목화에게 중요한 것은 따로 있었다. 내 운명에 내 몫이 있음을, 내 의지가 개입할 수 있음을, 내 삶의 주인은 나임을 증명하는 것.

　　1년 전이었다. 일을 마치고 돌아와 잠들자마자 목화는 수많은 장면 앞에 섰다. 모두 스스로 목숨을 끊고 있었다. 그들은 부엌, 욕실, 책상, 도로, 기찻길, 옥상, 바다, 마트, 약국에서 죽음을 구했다. 자살은 목화의 첫 중개였다. 이후에도 많이 겪었다. 주변 사람들은 "죽고 싶다"라는 말을 입버릇처럼 했고 "죽여버린다"라는 말을 웃으면서 했지만 진짜 실행하는 경우는 없었다. 아니, 드러나지 않았다. 시도했다가 실패했을 가능성은 있다. 그날 목화는 한 사람을 살렸다. 20대 중반 정도로 보였다. 살아난 그는 어리둥절한 표정이었다. 그런데 어제 중개에서 그를 다시 봤다. 스스로 죽으려는 사람들 가운데 그가 또 있었다. 이번에 그는 즉시 성공했다. 눈을 감은 그의 표정은 심각한 생각에 몰두하듯 굳어 있었다. 중개를 마치고 눈을 뜬 뒤 목화는 긴 숨을 뱉어 냈다. 생명을…… 얼마나 주는 거지? 이전에는 가져본 적 없는 질문이었다. 목화는 그를 한 번 살렸고 결과적으로 그는 1년을 더 살았다. 두 가지 가능성이 있었다. 첫째, 나무가 1년을 주었다. 둘째, 나무는 긴 시간을 주었지만 그가 다시 죽음을 선택했다. 이전까지는 오직 사람을 살리는 일에만 집중했다. 살아난 자가 얼마나 더 사는지, 어떻게 사는지 생각해 본 적 없었다. 나무가 주는 생명에 시한이 있는가? 목화는 그 답을 알고 싶었다. 알아야 했다.

오늘, 신복일의 생일을 맞아 오랜만에 가족들이 모였다. 신일화는 밥을 먹다 말고 불쑥 쌍둥이에게 물었다.

근데 너희 지금 일은 하고 있니?

목수는 무슨 말이냐는 듯 일화를 바라봤다.

직장을 구하고는 있어?

비로소 질문을 이해했다는 듯 목수는 어깨를 으쓱하며 대꾸했다.

무슨 소릴 하는 거야. 우리 둘 다 하는 일 있어.

일화가 물었다.

그래? 회사 이름이 뭐야?

목수가 대답했다.

신화목공소.

일화는 '목공소'라는 말을 모르는 사람처럼 되물었다.

목공소라니. 그게 뭐야.

목수는 대꾸하기 싫다는 듯 고개를 저으며 미역국을 떠먹었다.

너희는 지금 나이가 몇인데 제대로 된 직장에 들어갈 생각은 안 하고 언제까지 그렇게 메뚜기처럼 살 작정이야. 너희 둘은 어떻게 그렇게 똑같이 철이 없니.

말하기 전까지 일화는 다짐했다. 끝까지 참자고. 참지 못해 말한다면 부드럽게 뜻을 전하자고. 그러나 다짐을 끝까지 지키지 못할 때가 많았다. 그래서 요즘 루나와 사이가 좋지 않다. 일화의 딸 루나는 엄마와 같이 밥을 먹지 않으려고 편의점에서 삼각김밥이나 샌드위치를 사 자기 방에서 문을 걸어 잠그고 혼자 먹는다. 일화는 루나가 먼저 문을 열고 나오기 전에는, 식탁에 앉아 자기 몫의 숟가락을 들기 전에는 절대 채근하지 않겠다고 결심했다. 일화는 열심히 참고 기다렸다. 그러나 루나가 원하는 만큼은 기다리지 못했다. 일화는 방문을 마구 두드리며 화를 내듯, 어쩌면 애원하듯 말했다.

너처럼 한창 성장할 나이에 그렇게 편의점 음식만 먹으면 면역력에도 좋지 않고 키도 안 크고 절대적으로 학습 능력에 해롭다고 내가 몇 번을 말했어? 다른 애들보다 자주 감기에 걸리는 것도 편식 때문이라고 의사 선생님이 말했잖아. 너도 분명 들었잖아! 당장 나와서 밥 먹어! 내가 방에 들어갈 테니까 너는 나와서 식탁에 차려놓은 밥 먹으라고!

일화는 문화인류학 연구자로 최근에는 대학 강의와 논문 준비와 대중서 집필과 집안일로 무척 바쁜 나날을 보내고 있었다. 석사 학위 준비할 때는 그 시기만 지나면 덜 바쁠 줄 알았다. 미국에서 박사 과정을 밟을 때는 하루가 어떻게 지나가는지 모를 만큼 정신 없이 살면서도 그때만 잘 버티면 여유를 가지고 한숨 돌릴 수 있으리라 믿었다. 최선을 다해 버틴 만큼 커리어는 쌓였고 일은 더해졌다. 누군가가 일을 제안할 때마다 일화는 마다하지 않았다. 익숙한 일은 익숙해서, 새로운 일은 새로워서 하고 싶었다. 그렇게 쌓이는 눈앞의 급한 일을 해치우다 보면 장기 프로젝트는 미뤄졌고, 미뤄둔 프로젝트는 어느새 급한 일이 되어 눈앞에 나타났다. 그러면 다시 무언가를 미룰 수밖에 없었다. 하루하루 바쁘게 사는데도 누군가에게 일화는 약속을 지키지 않는 사람이 되었다. 이제 마흔을 넘어선 일화는 지금까지와는 비교할 수 없을 만큼 바빴다. 사방에서 일화를 찾았다. 질문하고 제안하고 일을 맡겼다. 하지만 일화에게 가장 중요한 사람인 루나는 문을 걸어 잠그고 일화를 찾지 않았다. 보이지 않는 곳에서 일화 몰래 무언가를 했다. 전남편과는 한국에서 결혼해 미국으로 함께 떠났고 귀국하자마자 헤어졌다. 이혼 사유는 성격 차이였지만 두 사람의 성격은 비슷했다. 각자 태양이었고 가장 빛나야 했다. 환히 비추어 모르는 것이 없어야 했다. 일화는 자기가 모르는 것을 견딜 수 없었다. 걸어 잠근 루나의 문을 참을 수 없었다.

얘들 그 일 시작한 지가 언젠데…… 왜 자다가 남의 다릴 긁어.

월화가 젓가락으로 밥알을 깨작거리며 말을 이었다.

요새 뭐, 일이 잘 안 풀려? 너 원래 스트레스 심하면 남들 인생 깎아내리면서 풀잖아.

월화는 숟가락으로 미역국을 저을 뿐 먹지 않았다. 밥도 젓가락으로 소량만 집어 먹었다. 갈비는 한 조각, 잡채는 시금치 위주로 한 젓가락, 굴비 두어 점을 먹은 다음에는 계속 물만 마셨다. 월화는 20대 초반에 거식증을 겪었다. 위와 장에 음식물이 든 상태를 거북하게 여겨 음식을 맛만 보고 바로 뱉거나 토했다. 2년 동안 병원 치료를 받은 뒤 음식을 거부하는 단계에서는 벗어났지만 '음식을 먹는 행위'는 여전히 싫어했다.

월화는 성인이 되자마자 현장에서 메이크업을 배웠다. 20대 중반에 동업자-연인과 메이크업-헤어 전문 매장을 열었다. 그때 월화가 만든 캐치프레이즈는 'Inner beauty revealed'. 당신 내면의 아름다움을 외적으로 표현해 주겠다는 의미였다. 사업은 성공했다. 10년쯤 흘러 동업자-연인과의 사랑은 끝났다. 사업을 정리하는 과정에서 두 사람은 서로를 고소했고 월화는 개운치 않은 승자가 되었다. 지난한 사랑과 이별을 겪으며 월화는 깨달았다. 아름다움은 영원하지 않다는 것을. 이후 월화는 새로 만난 동업자-연인과 노화 방지 전문 테라피 사업을 시작했다. 사업의 캐치프레이즈는 'Preservation, not creation'. 아름다움을 만들어 내기보다 당신이 원래 가진 아름다움을 지켜주겠다는 의미였다. 월화는 사업 수완이 좋았다. 뛰어난 스토리텔링으로 고객의 마음을 사로잡았다. 아름다워지는 방법보다 아름다움의 가치를 홍보했으며 젊어지는 방법보다 자연스러운 노화에 방점을 찍었다. 월화의 설명을 듣고 나면 모두 홀린 듯 '노화를 긍정하기 위한 젊음의 유지'라는 모순에 빠져들었고 그것을 위해 아낌없이 비용을 지불했다. 사랑과 사업을 떼어놓지 못하는 건 월화의 강점이자 약점이었다. 월화는 사랑해야 최선을 다하는 사람이었다.

유학 시절만 아니라 귀국 후 자리 잡을 때까지 일화의 학비와 생활비는 거의 월화가 부담했다. 월화는 생색내지 않았고 일화는 고마워하지 않았다. 일화가 지원을 당연하게 생각한 것은 아니었다. 부채감이 있었다. 언젠가는 갚아야지 생각했는데, 그것은 은혜를 갚는다기보다 원수를 갚는다는 느낌에 가까웠다. 월화가 대학에 가지 않겠다고 말했을 때 일화는 대꾸했다. 안 가는 게 아니라 못 가는 거 아니야? 일찍부터 사업을 시작한 월화에게 일화는 말했다. 언젠가는 고졸의 한계를 느낄 거야. 사람들 외모를 꾸며주는 사업으로 큰돈을 버는 월화에게 일화는 말했다. 넌 진짜 너무나도 여자 같은 일을 하고 있구나. 테라피 사업을 시작할 때도 일화는 참견했다. 사람들이 그런 한갓진 데 돈을 쓰겠니? 일화는 월화를 꾸준히 무시했다. 월화의 성과를 모르는 척하거나 운으로 돌렸다. 연인과 동업하는 월화를 공사도 구분 못 하는 아마추어 같다고 비난했다. 그런 폄하에 대꾸하듯 월화는 학비를 댔다. 월화에게 일화는 언제나 불쌍한 사람이었기 때문이다. 일화가 월화를 깎아내리는 이유에는 위기감도 있었다. 첫째인 자기보다 둘째인 월화가 타인에게 더 인정받을지도 모른다는 불안. 월화는 그것까지 알고 있었다. 월화는 일화에게 열등감을 가져본 적 없었다. 부러워해 본 적도, 경쟁의식을 느껴본 적도 없었다. 월화는 일화가 단지 불쌍했다.

너희 회사에 남는 자리 없어? 거기서 애들이 할 만한 일 좀 알아보지그래? 대표님 소리만 듣고 살면 뭐 하니? 가족도 제대로 못 챙기면서. 네 밥그릇만 챙기지 말고 애들 좀 챙기고 살아.

일화가 월화를 쏘아보며 말했다. 목수가 참을 수 없다는 듯 언성을 높였다.

우리 애들 아니야. 둘 다 좋아하는 일 열심히 하고 있고. 심지어 바쁘고. 혹시 모를까 봐 하는 말인데 지금 언니가 먹는 갈비찜, 바쁜 와중에 내가 만든 거야. 잡채도 미역국도. 지금 언니가 아주 편하게 앉아 있는 그 의자는 목화가 만든 거고. 나무 수저랑 이 그릇들도. 그리고 잊은 것 같은데 언니 집에 화분 거치대 있잖아. 그거 내가 만들어서 준 거잖아?

목수 말처럼 일화는 잊고 있었다. 화분 거치대를 보면서 참 야무지고 우아한 물건이라고 생각한 적은 있지만 그것이 어디에서 왔는지를 상기한 적은 없었다.

더 늦기 전에 제대로 된 안정적인 직장에 들어가란 말이잖아. 너희 걱정해서 하는 말이고.

우리 하는 일 있다니까. 다시 설명해 줘?

목공은 취미 아니야? 그게 돈이 돼?

언니는 공부가 취미야?

미쳤니? 어느 누가 연구를 취미로 해? 평생을 바쳐도 인정받기 어려운 게 이쪽 일이야. 내가 말을 안 해서 그렇지 얼마나 개고생을 하면서 여기까지 왔는데. 잠도 제대로 못 자고, 밥도 제때 못 먹으면서, 지 잘난 맛에 사는 교수들 비위 맞춰가면서…….

말을 안 해서 그렇지 우리한테도 각자의 고난이 있어.

그러니까, 내 말이 바로 그거잖아. 번듯한 직장 들어가면 그나마 고민 하나는 더는 거지. 네 또래 애들이 어떻게 사는지 보면 뭐 느끼는 거 없어? 다들 성공하겠다고 얼마나 치열하게 사는데. 너희는 어떻게 둘 다 똑같이…….

언니 걱정은 필요 없고, 우린 성공하겠다고 사는 거 아니야.

미수가 이마에 손바닥을 대고 팔꿈치를 식탁에 기댔다. 두통이 없을 때도 미수는 습관적으로 그 포즈를 취했다. 지금 상황이 불편하고 마음에 안 든다는 뜻이었다. 복일이 젓가락으로 그릇을 몇 차례 쳤다. 나무와 나무가 부딪히는 둔탁한 소리가 났다.

신일화. 그만해. 오랜만에 만나서 왜 이래? 너는 지금 걱정이 아니라 힐난을 하고 있어. 내가 전에도 진지하게 말했지. 너는 네 인생만 살면 돼. 남의 인생까지 네 방식에 끼워 넣으려고 하지 마. 남들 사는 게 마음에 안 든다 싶으면 그건 지금 네 인생이 마음에 안 든다는 뜻이란 걸 아직도 몰라?

월화가 상황을 마무리하려는 듯 가족을 둘러보면서 말했다.

여러분, 신일화가 지금 뜻대로 안 풀리는 일이 있어요. 그러니까 그냥 듣고 넘깁시다.

월화는 두둔하려고 한 말이었으나 일화는 조롱으로 받았다. 일화는 입술을 물어뜯으며 생각했다. 언제나 이런 식이지. 월화는 날 무시하고 부모님은 한 번도 내 편이 되어 준 적 없어. 나를 인정하지 않고, 내 잘못만을 들추어내고, 항상 동생들 편에 서서 나를 외롭게 하지. 일화는 가족들의 그런 면을 명료하게 짚어서 말하려고 했다. 차분하게, 논리적으로, 감정에 치우치지 않고 설명하려 했지만 이번에도 다짐을 깨트리고 말이 먼저 나왔다.

야, 말조심해. 네가 나에 대해 뭘 알아? 네 눈에는 지금 내가 화풀이나 하는 걸로 보여? 네가 말을 그딴 식으로 하니까 애들도 나를 우습게 보잖아. 그리고 아빠, 말이 왜 그래? 동생이 어떻게 남이야? 또 힐난 좀 하면 어때? 솔직히 가족 아니면 누가 이렇게 말해줘? 더 늦기 전에 제대로 된 직장을 구하면 내가 좋아? 애들이 좋지? 내가 맏인데, 내가 애들이랑 나이 차이가 얼만데 이 정도 충고도⋯⋯.

언니. 있잖아.

목화가 조용히 일화를 불렀다. 일화는 그 말을 듣지 못하고 자기 말을 이었다.

솔직히 애들 대학 그만둔다고 했을 때도 나만 말렸지 다들 몰라라 했잖아. 그때도 애들 앞날 생각한 사람은 나뿐이었잖아. 듣기 싫은 말이라도 필요할 땐 해야 하는 거 아니야? 어떻게 매일 좋은 말만 하고 살아? 이러다가 애들 직장도 없이 결혼도 못 하면 어쩔 거야? 엄마 아빠가 애들을 언제까지⋯⋯.

언니.

목화가 언성을 높여 일화를 불렀다. 일화는 마지못해 목화를 쳐다봤다.

루나는 괜찮아?

갑자기 뭔 소리야?

일화가 표정을 구기며 되물었다.

루나 언제 봤어?

한집에 사는 애를, 뭔 말이냐고, 그게.

그러나 일화는 사흘 전에 루나를 잠깐 봤다. 그때도 루나는 집에 들어오자마자 곧장 방으로 가서 문을 잠갔다.

루나가 죽으려고 했어, 언니.

잠시 침묵이 고였다. 다들 목화의 말을 단번에 이해하지 못한 듯했다. 목화가 침묵을 깨고 낮은 소리로 말했다.

루나가 위험하다고.

장미수가 나지막한 소리로 목화를 불렀다. 그만하라는 경고의 눈빛과 함께.

네가 어떻게 알아.

일화가 목화를 노려보며 말했다.

나는 알아.

일화는 코웃음 쳤다. 목화는 무표정하게 말을 이었다.

다시 시도할지도 몰라. 실패했으니까 더 철저하게 준비하겠지. 지금 루나 방에 가서 책상 서랍 열어봐. 제일 아래서랍. 안쪽에 검은색 파우치 있어. 거기 약통 있을 거야.

미수는 미간을 구긴 채로 목화를 바라봤다. 한동안 자기 밥그릇만 멍하니 쳐다보던 일화가 중얼거렸다. 지랄을 해요, 지랄을. 그리고 자리에서 일어나 비척비척 현관으로 걸어갔다. 월화가 일화를 따라가며 말했다. 야, 운전 내가 할게. 너 지금 제정신 아니야. 그러다 사고 나. 현관문이 닫히고 다시 침묵. 신복일은 긴 한숨을 내쉬고 장미수는 한 손으로 이마를 짚은 채 눈을 감았다.

진짜야?

미수가 천천히 눈을 뜨며 물었다. 목화는 대답하지 않았다.

루나가 정말 죽으려고 했어?

미수는 순서를 정해 물었다. 목화는 대답하지 않았다.

네가 루나를 구한 거야?

목화는 죄지은 사람처럼 고개를 숙이고 어깨를 움츠렸다. 1년 전 구했던 사람을 다시 구하지 못한 중개에서 목화는 루나를 구했다. 많은 장면 속에 루나가 있었다. 루나를 알아보자마자 목화는 당황했다. 나무에 대한 적개심과 호소가 동시에 치솟았다. 루나는 책상의 가장 아래 서랍에서 약통을 꺼냈다. 손바닥 가득 약을 담아서 그대로 입에 넣고 우적우적 씹다가 물을 마셔 삼켰다. 약통을 다시 서랍에 넣고 책상을 정리했다. 음식을 포장했던 비닐과 탄산음료 캔을 쓰레기통에 쓸어 넣고 책과 노트를 책장에 꽂았다. 너무나도 평범한 움직임. 방금 약을 먹은 사람이라고 믿을 수가 없었다. 루나는 침대에 앉아 휴대폰을 초기화한 뒤 자기 방을 한 번 둘러봤다. 더 할 일이 없나 생각하는 것 같았다. 그리고 침대에 반듯하게 누워 눈을 감았다. 목화는 급히 루나의 책상과 침대 근처를 살폈다. 유서라고 짐작할 만한 종이는 없었다. 지금 당장 눈을 떠서 일화에게 전화해야 한다고 생각했지만 할 수 있는 일은 그저 지켜보는 것뿐. 시간이 너무 느리게 흐르는 듯했다. 루나 아닌 사람을 지목하면 어쩌지. 내가 과연 그 사람을 구할 수 있을까.

마침내 모든 장면이 소거되고 루나만이 보였다. 목화는 달려가 강한 열기로 루나를 흔들었다. 루나는 놀란 듯 눈을 떴다. 다시 의식이 희미해지려는 루나를 재차 깨우고 깨웠다. 루나는 지쳤다는 듯 눈을 떴고, 누운 채로 몸을 돌려 바닥에 약을 토했다.

언제야? 오늘? 장미수가 물었다. 목화는 간신히 대답했다. 어제. 미수는 한숨을 길게 쉬며 중얼거렸다. 그걸 꼭…… 이런 식으로 말해야 했을까. 목화는 대답하지 못했다. 루나를 구한 뒤 바로 일화에게 알려야 한다고 생각했지만 어떻게 말을 꺼내야 좋을지, 어떤 말로 시작해야 하는지 순서를 알 수 없었다. 오늘 만나면 루나의 안부를 넌지시 물어보려고 했는데 적당한 상황이 주어지지 않았다. 복일이 물었다. 혹시 약 이름을 봤어? 목화는 본 것을 말했다. 얼마나 먹었는지도 알아? 목화는 본 그대로 대답했다. 약을 금세 토했다는 말도 덧붙였다. 잠시 생각하던 복일이 말했다. 그럼 괜찮아. 병원에는 가봐야겠지만 그 정도는 괜찮을 거야. 미수가 복일에게 물었다. 어린애가 약은 어디서 구했지? 혹시 우리 약국에서 가져간 거 아닐까? 루나가 마지막으로 다녀간 게 언제지? 약국에 가서 재고를 확인해 보겠다며 복일이 집을 나섰다.

　다시 고요해진 집. 생각에 빠져 있던 미수가 의자 등받이에 몸을 기대며 목수에게 잠시 나가 있으라고 했다. 목수는 거부했다. 쌍둥이를 가만히 바라보던 미수가 목화에게 물었다. 얘는 뭘 얼마나 아는 거야? 목수가 대신 대답했다.
　대충, 전혀.
　대충, 전혀?
　아무리 들어도 직접 겪지 않으면 모르는 것과 다르지 않잖아.

미수는 묘한 기분에 사로잡혀 목수를 빤히 바라보다 목화에게 물었다.

루나 말고 또 있어? 아는 사람을 구한 적.

목화는 고개를 저으며 대답했다.

구한 적은 없어. 본 적은 있지만.

학교에서 종종 마주치던, 대화한 적은 없지만 얼굴은 분명히 아는 친구를 중개 중에 보았다. 목화는 그 친구를 구하지 못했다.

난 그런 적이 없어. 단 한 번도.

미수가 힘없이 중얼거렸다. 목화가 물었다.

그럼 할머니는?

미수의 표정이 금세 차가워졌다.

네 할머니는 아무것도 말해주지 않아. 가끔은 거짓말도 하지. 그래서 더 믿을 수 없게 만들어. 그게 사랑이라는데, 감추고 속이는 게 어떻게 사랑인지 나는 납득할 수가 없어.

목화 역시 엄마에게 말하지 않는 것이 있었다. 때로는 거짓말도 했다. 감추거나 속이기 위해서는 아니었다. 진실을 말할 수 없을 뿐이다.

엄마는 그런 적 없어? 시험당하고 있다는 느낌이 들 때.

미수가 무슨 뜻이냐고 되물었다.

날 시험하려고 의도적으로 루나를 보여준 것만 같아서.

미수는 확고한 표정으로 대답했다.

신은 의도도 목적도 없어. 네가 루나를 구한 건 우연일 뿐이야. 아주 다행인 우연.

수십 년간 그것을 경험한, 더 많이 살릴 수 있지 않으냐고 수백 번 질문했으나 답을 듣지 못한 장미수의 답은 그랬다. 인간만이 목적이나 의미를 생각하고 덫에 걸린다. 굴레에 갇힌다. 고통을 느끼고 죄책감에 빠지며 괴로워한다. 자주 저항한 만큼 이 일에서 간절하게 벗어나고 싶었던 미수가 뒤늦게 깨달은 방법은 아직 하나뿐이었다.

나이 드는 것.

나이 들수록 소환이 줄었다. 미수는 세 가지 가능성을 생각했다. 첫째, 목화가 일을 시작하면서 자기 일이 줄었다. 둘째, 평생 겪을 소환의 총량이 있으며 거의 채웠다. 셋째, 실제로 사람의 죽음이 줄었다. 목화의 삶을 생각한다면 첫 번째 가능성은 제외해야 했다. 목화가 말했다.

나는 그렇게 생각하지 않아.

지지 않겠다는 듯 이어 말했다.

목적이 있어. 그걸 알아낼 거야.

망설이다가 덧붙였다.

이상한 말처럼 들리겠지만…… 이번 중개는 다른 때와 느낌이 완전히 달랐어. 루나는 내가 아니어도 살았을 거야. 아빠도 말했잖아. 그 정도 양으로는 괜찮을 거라고.

죽지도 않을 사람을 살리라고 지목했다는 거야?

목화는 고개를 끄덕였다.

그럴 리가 없어. 너도 알잖아. 네가 바로 루나를 깨우지 않았다면 위험했을 수도 있어. 호흡 곤란은 당연히 왔을 테고 쇼크 가능성도 있고. 이내 약을 토하지 않았다면 의식을 찾은 뒤에도 다른 부작용을 겪었을 거야. 뇌, 위, 심장, 간, 다른 장기들 모두 타격을 받았을 거라고. 더군다나 성인도 아니고. 죽음은 느리게 진행되기도 해.

엄마, 그런데 내 느낌은, 루나를 깨울 때 그 느낌은 다른 때와 정말 많이…….

미수는 한숨을 쉬며 목화의 말을 끊었다.

네 느낌은 중요하지 않아. 이 일에 예외는 없어. 신목화. 생각해 봐. 폭우에 목적이 있니? 가뭄에 목적이 있어? 폭우 때문에 동네가 잠기고 산사태가 나서 집이 무너지잖아. 가뭄으로 농사를 망치고 산불이 나잖아. 그럴 때 사람들이 자연을 탓할까? 사람은 사람을 탓해. 자연은 책임도 목적도 없어. 신도 마찬가지야. 의문을 갖는 삶은 내가 살아봤고 답은 없어.

갑자기 목수가 끼어들었다.

근데 엄마, 어쨌든 루나가 죽으려고 했잖아. 우린 그 얘기부터 해야 돼.

미수는 그 이야기를 하고 싶지 않았다. 먹다 만 음식들 앞에서 마치 남의 이야기 하듯 추측하고 예단하며 뱉을 말이 아니었다. 말을 삼키고, 각자의 방에서, 침묵으로 감쌀 일이었다. 아무도 몰래 안도하고 감사할 일이었다.

여기 앉아 루나 이야기를 한들 우리가 그 아이 속마음을 알진 못해. 우리가 루나에 대해 뭘 아니? 우리가 뭘 할 수 있겠어?

목수가 답답하다는 듯 말했다.

엄마가 그렇게 말할 때마다 기분이 진짜 이상하거든.

미수는 귀찮다는 듯 되물었다.

왜, 뭐가 이상하다고?

목수는 손바닥을 위로 들어 보이며 미수의 말을 되풀이했다.

우리가 뭘 할 수 있겠어?

미수의 표정이 굳었다. 모욕을 당한 사람처럼 입술이 떨렸다. 목수가 말을 이었다.

이미 뭔가를 하고 있으면서 아무 일도 하지 않는다는 듯이. 아니, 아주 하찮은 일을 한다는 듯이. 엄마, 목화가 루나를 살렸어. 나무가 루나를 지목했겠지. 루나는 왜 죽으려고 했을까? 그게 오직 그 아이의 선택이었나? 만약 루나가 다시 결심한다면 또 막을 수 있을까?

목화가 목수의 어깨를 잡았다. 그만하라는 뜻이었다. 목화는 엄마를 자극하고 싶지 않았다. 예민한 엄마의 말이, 미세하게 조금씩, 자신에게 상처를 내는 것처럼 느껴졌으니까. 뭘까. 그게 뭘까. 엄마는 나를 걱정하고 있는데 나는 왜 상처받을까.

하고 싶은 말이 뭐야?

차가운 표정으로 미수가 물었다.

엄마는 목적이 없다고 했지만 이번에는 아니야. 나무는 목화에게 알리려고 했어. 루나가 위험하다는 걸. 우리가 루나를 살펴보길 원했어. 우리에게 기회를 준 거라고.

목수의 순전한 말을 듣고 미수는 돌연 적개심에 휩싸였다. 지켜보는 사람은 그렇게 생각할 것이다. '아, 루나가 그동안 힘들었구나. 다행히 이번에는 별일 없었으니 이제부터 루나에게 관심을 갖자'라고 결론 내릴 것이다. 그러나 죽고 사는 일은 그토록 간편하게 선과 악, 정의와 불의, 다행과 불행으로 나눌 수 없다. 신이 우리를 생각해서 죽지도 않을 루나를 보여줬다고? 장미수의 신은 절대 그런 짓을 하지 않는다. 개인의 사정을 헤아리지 않는다. 미수는 흥분하지 않으려고 애쓰면서 말했다.

그걸 내가 다르게 말해볼까? 루나를 보살피라는 뜻으로 목화를 부른 거라고 치자. 그럼 그 때문에 누군가는 죽은 거야.

엄마, 왜 그렇게 말해. 루나가 살아서 누가 죽은 건 아니잖아.

신목수. 우리가 하는 일이 그거야. 한 사람이 살 때 다른 사람은 죽어. 신이 우리에게 기회를 줬다고? 그럼 그때 죽은 다른 사람들은? 신이 자기를 보살핀다는 생각만큼 순진하고 이기적인 건 없어. 산 사람이나 삶을 축복이라고 여기는 거야. 신의 옹졸한 차별을 은총이라 부르면서.

날카로운 칼을 휘두르듯, 싸우듯, 코너에 몰려 더는 후퇴할 곳이 없는 사람처럼 냉소와 증오를 쏟아내는 미수의 표정을 바라보다 목화는 찾았다. 장미수의 말에 상처받는 이유를. 미수는 삶을 경멸했다. 자기 삶을 저주하다가 끝내 자기가 구한 사람들의 삶까지 비웃었다. 죽음을 너무 많이 본 미수는 결국 그렇게 되어버렸다. 살려는 의지를, 자기도 모르는 사이, 구걸처럼 여겼다. 사람을 살릴 때마다 미수는 금화를 생각했다. 목화가 루나를 구했다는 말을 듣고도 금화를 생각했다. 장미수에게 자식은 다섯 명. 한편으로는 단 한 명.

단 한 명뿐이었으므로,

살아 있는 사람은 고통스러워야 했다. 자기와 다를 바 없는 운명으로 살아가는 목화는 불행할 수밖에 없었다. 목화는 그 덫에 빠지고 싶지 않았다. 엄마처럼 자기 삶을 저주하며 살고 싶지 않았다.

미수와 쌍둥이가 날 선 대화를 주고받을 때 일화와 월화는 도로를 질주했다. 한동안 넋을 잃고 앉아 있던 일화가 휴대폰을 꺼내 통화 버튼을 눌렀다. 액정에 루나 이름이 뜨는 것을 보고 월화는 다급히 휴대폰을 뺏어 종료 버튼을 눌렀다. 눈을 감은 채 감정을 삭이던 일화가 큰 소리로 말했다.

넌 그런 터무니없는 말을 믿니? 재수 없는 그딴 말을 진짜 믿는 거야?

믿지 않으면 우리가 지금 루나에게 왜 가는 거냐고 대꾸하고 싶었지만 월화는 말없이 운전에 집중했다. 일화가 시비 걸듯 중얼거렸다.

나는 정말 우리 집을 참을 수가 없어. 어릴 때는 뭣도 모르고 눈치만 보고 살았는데 이제 와 생각해 보면 이해할 수 없는 게 한둘이 아니야. 엄마도 그래. 두통이 심하면 큰 병원에 가야지. 치료를 받아야지. 그도 아니면 굿을 하든가. 지금까지 엄마 아빠가 우릴 위해 뭘 했니? 너나 나나 알아서 컸지. 애를 낳아놓기만 하면 뭐 해. 제대로 키워야 할 거 아냐. 그러니까 쌍둥이가 지금 그러고 사는 거야. 목화는 엄마 따라서 헛소리나 해대고. 도대체 가족 중에 정상이 없어, 정상이.

일화의 분노를 들으며 월화는 속으로 생각했다. 그래, 너도 정상은 아니란 걸 인정하는구나. 월화가 대꾸 없이 운전만 하자 일화는 다시 휴대폰을 꺼내 통화 버튼을 누르려고 했다. 월화는 한 손으로 핸들을 잡고 다른 손으로 일화를 제지하며 간신히 휴대폰을 뺏었다. 그러느라 핸들은 흔들렸고 반대편 차선의 승용차들은 연이어 경적을 울렸다. 휴대폰을 뒷좌석으로 내던지며 월화는 참지 못하고 쌍욕을 뱉었다. 일화는 머리카락을 쥐어뜯으며 바락바락 소리 질렀다.

니가 뭔데 못 하게 해? 엄마야! 내가 엄마라고! 전화해서 확인부터 해야 할 거 아냐! 내 딸이야! 내 자식이라고!

신일화, 정신 차려. 전화해서 뭘 확인할 건데? 무턱대고 물어볼 거야? 왜 돼지려고 했느냐고?

야, 이 나쁜 년아, 조카한테 그게 할 말이야? 네 자식 아니라고 막말이야? 내 딸이잖아! 하나뿐인 내 딸이야! 내가 내 자식한테 전화도 못 해? 네가 뭔데 간섭이야!

일화는 월화의 어깨와 팔뚝을 때리며 비명을 지르듯 말을 쏟아냈다. 핸들을 두 손으로 꽉 잡으며 참고 참던 월화가 갓길에 거칠게 차를 세웠다. 일화는 주먹으로 대시보드를 쳤다. 자기 머리와 뺨을 때렸다. 고함을 지르고 울음을 터트렸다. 월화는 일화가 지치기를 기다렸다. 그래, 지금 실컷 울어두라고 중얼거리면서. 일화의 소란이 잦아들자 월화는 차를 출발시켰다. 짐짝처럼 실려 가며 일화는 계속 눈물을 닦았다.

루나의 문 앞. 월화는 두 번 노크한 뒤 말했다. 루나야, 이모야. 오랜만이지. 안에 있어? 대답은 없었다. 일화는 강제로 문을 열 도구를 찾아 부산하게 돌아다니다 주방에서 젓가락을 가져왔다. 루나야, 우리가 이제 문을 열 거야. 알겠지? 물어본 뒤 월화는 젓가락을 사용해서 문을 열었다. 루나는 문을 등지고 침대에 누워 휴대폰을 보고 있었다. 갑작스러운 상황에도 동요하지 않는 것 같았다. 일화는 책상 서랍에서 약통부터 꺼냈다. 뚜껑을 열어서 남은 양을 확인한 뒤 루나에게 말했다. 일어나. 병원 가자. 월화는 일화를 거실로 밀어내고 침대에 걸터앉아 숨을 골랐다. 문을 열기까지는 루나가 무사한지 확인해야 한다는 생각뿐이었다. 확인하고 나니 무슨 말부터 해야 할지 막막했다. 섣불리 질문할 수도 없었다. 너는 지금 상황을 어떻게 이해하고 있을까. 네 자살 시도를 우리가 알고 있다는 걸 뭐라고 설명하면 좋을까. 월화는 천천히 말을 시작했다. 루나야, 우리는 네가 아픈 걸까 봐 걱정이 돼서. 루나는 휴대폰만 쳐다봤다. 월화는 중요한 질문부터 했다.

서랍에 있던 약 말이야. 많이 먹었어?

루나가 느릿느릿 대답했다.

조금요.

월화는 루나의 어깨에 조심스럽게 손을 얹으며 말했다.

그럼 같이 병원에 가자. 지금은 괜찮은 것 같아도 간단한 검사 정도는 해보는 게 좋을 텐데. 후유증이 있을지도 모르니까.

휴대폰에서 눈을 떼지 않고 루나가 물었다.

근데 어떻게 알았어요?

월화는 급한 대로 말을 지어냈다.

사실 목화 이모가 좀 특이한 구석이 있거든. 가끔 꿈 이야기를 하는데 그게 귀신같이 들어맞을 때가 있어. 이모가 오늘 걱정스럽게 말하더라고. 꿈에서 너를 봤는데 네가 땅바닥의 조약돌을 막 집어 먹더래. 그러더니 자기를 보고 말하더래. 돌을 먹었더니 몸이 너무 무겁고 속이 답답하다고.

루나가 중얼거렸다.

거짓말.

열다섯 살. 지어낸 말에 쉽게 속을 나이는 아니었다. 하지만 솔직한 이야기가 더 거짓말 같아서 월화는 짧게 한숨을 쉰 다음 할 수 있는 말을 했다.

목화 이모가 네 꿈을 꾼 건 사실이야. 개한테 특이한 구석이 있는 것도 사실이고. 네가 약을 먹은 것도 사실이지. 우리가 너를 걱정하는 마음도. 그러니까 같이 병원 가지 않을래?

벽을 등지고 앉아 두 사람의 대화를 들으며 일화는 치솟는 감정을 참았다. 당장에라도 루나를 붙잡고 왜 그랬느냐고, 내가 무얼 어떻게 하면 되느냐고 물어보고 싶었다. 답을 알려주면 그대로 하겠다고 사정하고 싶었다. 자기 인생에 자꾸만 그어지는 빗금이 무서웠다. 실패하고 싶지 않았지만 통제할 수 없는 일들은 점점 늘어나고, 이제는 자기자신부터 통제하기 힘들었다. 일화는 정말 열심히 살았다. 그런데도 자꾸만 어긋났다. 예측 불가능하고 피할 수 없는 거대한 재난이 닥쳐오는 것만 같았다. 삶이라는 폭풍. 내일이라는 폭우. 타인이라는 지진. 잠을 자지 못하면 일을 할 수 없었다. 잠을 자도 일을 할 수 없었다. 일화 역시 약을 한 움큼 씹어 먹고 오랫동안 잠든 적이 있다. 아무리 둘러봐도 그 방법뿐이었다. 쉬고 싶었다. 피하고 싶었다. 죽었다가 깨어나고 싶었다. 그때 만약 루나가 일화에게 물었다면, 내가 무얼 어떻게 하면 되느냐고 호소했다면 일화는 웃으며 대답했을 것이다. 이건 내 문제야. 네가 할 수 있는 일은 없어. 월화가 되묻는 소리가 들렸다. 이모랑 얘기하고 싶다고? 루나의 목소리는 들리지 않았다. 일화는 앉은 채로 몸을 움직여 방을 들여다봤다.

빼곡한 나무를 올려다보며 목화는 생각했다. 엄마 말이 아주 틀리지는 않아. 목수 말에는 이기심이 있어. 목수는 명령하는 존재에게 선의가 있다고 믿지. 하지만 나는 한 번도 선의를 느낀 적이 없어. 선의가 있다면, 최소한, 내가 일을 거부할 때 벌을 내리듯 나를 고통에 빠트려서는 안 되잖아. 선택받지 못하는 사람들 입장에서 엄마는 가혹하다고 했지. 그 말도 맞아. 내가 깨우지 않았다면 루나는 정말 위험해졌을까? 나무가 주는 목숨에 시한이 있다면 설마 루나에게도 시한이 생겼을까? 불안한 마음으로 목화는 결심했다. 살아난 사람들을 찾아봐야겠다고. 그들이 어떻게 사는지 알아봐야 한다고. 휴대폰이 울렸다. 전화를 받았다.

루나가 너랑 얘기하고 싶대. 바꿔줄게.

이어 루나의 목소리.

이모.

목소리에 기운이 하나도 없었다. 약을 씹어 먹고 책상을 치우던 루나가 떠올랐다. 나무의 선의를 믿어야 하는가.

그래, 루나야.

꿈에서 나를 봤어?

응. 이모가 종종 이상한 꿈을 꿔서.

목화는 휴대폰을 귀에 대고 천천히 걸었다. 더 설명을 해줘야 할 것 같은데 선뜻 말이 나오지 않았다. 꿈에서 네가 깊은 잠을 잤다고 말하려는데 루나가 작은 소리로 먼저 말했다.

……고마워.

목화는 바로 대답하지 못했다. 어째서 고맙다는 걸까.

이모가 날 깨워줬잖아. 우리 같은 꿈을 꿨나 봐.

목화는 우뚝 선 채로 되물었다.

나를 봤어?

응, 이모가 있어서 그래도 조금은 덜 무서웠던 것 같아.

목화는 말을 잃고 자리에 주저앉았다. 여태 살린 사람들도 모두 나를 봤으면 어쩌지. 설마 죽어가던 사람들에게도 내가 보였을까. 하라는 대로만 할 뿐 모르고 하는 것이 너무 많았다. 부당하고 위험했다. 고개를 들어 하늘을 봤다.

키 큰 나무들이 목화를 둘러싼 채 내려다보고 있었다.

근데 이모…… 그거 꿈 아니지.

루나는 확인하듯 다시 말했다.

분명 꿈은 아니었어.

순간, 목화는 무언가를 놓아버렸다.

루나야, 이모가 비밀 얘기 해줄까?

목화는 루나에게 말했다. 임천자, 장미수, 그리고 자기에게 일어나는 일에 관하여 떠오르는 모든 것을. 루나와 비슷한 나이에 겪은 첫 중개와 그다음 중개, 거듭되던 중개들. 고통 속에서 삶을 원하는 사람들. 홀로 죽어가는 사람들. 목수 아닌 사람에게는 처음 털어놓는 말이었다.

루나야, 내가 살린 사람이 알고 보니 방화범이었어. 소방관과 아이 대신 그 사람을 살린 거야. 가정 폭력범을 살린 적도 있어. 그 사람에게 폭행당하던 사람을 살리고 싶었는데 그러지 못했어. 갓난아이를 살린 적도 있어. 샛별처럼 작은 심장을 다시 뛰게 했지. 그 아이는 지금 어떻게 살아가고 있을까. 부모와 자식이 동시에 사고를 당했는데 그중 한 명만 살린 적도 있어. 그때 이모는 너무 힘들어서 토하고 또 토했어. 토하다가 죽고 싶었어. 이모가 애써 살렸는데 다시 죽음을 선택한 사람도 있어. 그건 그 사람의 선택이었을까? 루나야, 이모는 무서워. 너를 구하지 못할까 봐 너무 무서웠어. 아무리 거듭해도 익숙해지지가 않아.

목화는 자기를 둘러싼 나무에게 호소하듯 말했다. 숲 속의 날개 달린 것들에게, 흙이 되어가는 죽은 것들에게, 가장 먼 곳까지 이동하는 바람에게 애원하듯 말했다. 당신들이 모두 연결되어 있음을 알아. 가서 그 나무에게 전해. 당신의 일을 대신하는 나에게 예의를 갖추라고. 나를 도구로만 쓰지 말라고. 나 또한 한 번뿐인 삶을 사는 단 한 명임을 기억하라고.

목화의 이야기를 들으며 루나는 일어나 앉았다. 침대 헤드에 등을 기댔다가, 기운이 없는 듯 다시 누웠다가, 이야기에 집중하며 다시 몸을 일으켜 앉았다. 통화가 길어지자 월화는 방을 나섰다. 일화는 벽에 등을 기대고 무릎을 세우고 앉아 두 팔에 얼굴을 묻었다. 월화는 소파에 앉아 일화를 바라보며 생각했다. 알아. 나도 너처럼 그렇게 내 몸에 얼굴을 파묻고 이 지긋지긋한 인생을 구덩이에 다 묻어버리면 좋겠다고 생각한 적 있어. 엊그제도 그랬고 어쩌면 내일도 모레도 그럴 수 있겠지. 하지만 오늘은 그러지 않을게. 너를 보고 있을게. 네가 네 손으로 네 인생을 파묻지 않도록 내가 감시해 줄게.

멋있다, 이모.

목화의 말이 끝나자 루나가 침을 꿀꺽 삼킨 뒤 말했다.

정말 끝내준다. 나한테도 그런 능력이 있으면 좋겠어.

능력이 아니야, 루나야.

이건 저주야, 라는 말을 간신히 삼켰다.

아니지, 능력 맞지. 나는 이모처럼 사람을 구할 수 없잖아. 이모, 언성 히어로라고 알아? 이모가 꼭 그거 같아.

말했잖아. 이모는 너무 무서워. 매번 힘들고, 지치고, 이 일 때문에 많은 것을 포기했어.

그건…… 어차피 그렇지 않아?

응?

그런 일을 하지 않아도 무섭고 피곤하잖아. 화가 나고, 힘들고, 포기하고, 그렇잖아. 근데 사람이라도 구할 수 있으면 의미가 있는 거잖아.

약을 씹어 먹던 루나의 표정이 지워지지 않았다. 울지도 화내지도 않는 그 지친 얼굴. 이런 일에 연루되지 않아도 어차피 무섭고 힘들다. 불과 열다섯 살 아이의 삶도 그렇다. 목화는 자신의 열다섯 살 시절을 떠올렸다. 중개를 겪기 전이었다. 그래도 무섭고 괴로운 날은 있었다. 중개를 하지 않았다면 내 삶은 달라졌을까? 하지만 한 번뿐인 인생,

그것 없는 삶은 내 것이 아니다. 모두 자기만의 삶을 산다. 상대의 삶이 어떤지는 알 수 없다. 그런데도 다들 너무 쉽게 판단하지. 불행할 거라고, 행복할 거라고, 부족한 게 뭐냐고, 부족한 것투성이라고. 루나에게 왜 약을 먹었느냐고 물어보고 싶은 마음이 사그라들었다. 무슨 말을 들어도 '그럴 만하다'라는 생각이 들 것만 같았다. 마찬가지 이유로 '그래도 그런 선택을 하면 안 된다'라는 생각을 버릴 수도 없을 거였다. 목화는 자포자기하는 심정으로 생각했다. 그래, 네 말처럼 능력이라면 능력이겠지. 구하고 싶지 않은 사람은 구하지 않을 수 있으니. 목화는 열다섯 살이란 나이를 다시금 되새기며 무심한 척 말했다.

아무튼 루나야, 이모 이야기는 비밀이야. 아무한테도 말하면 안 돼.

응. 근데 말해봤자 아무도 믿지 않을걸.

넌 믿었잖아.

그건, 이모가 날 구했으니까 믿을 수밖에 없지.

그럼…… 내가 널 한 번 구했으니까 나랑 약속할 수 있어? 다시 그런 충동이 들면 그땐 반드시 나한테 먼저 전화하겠다고.

침묵 끝에 루나는 대답했다.

나무의 개입으로 살아난 사람들을 찾아보기로 했다. 그 동안 목수가 충실하게 기록한 노트가 있어 시도할 수 있었다. 2008년 9월 18일, 목화는 심장 마비로 갑자기 쓰러지는 사람들을 지켜봤고 그중 한 사람을 구했다. 젊은 남자로 운전 중이었다. 차가 돌진하여 전신주를 들이박는 순간 목화는 차의 충격을 줄이고 그의 심장을 움켜쥐었다. 목화가 움직이지 않았다면 그는 심장 마비뿐 아니라 다른 손상으로 목숨을 구하지 못했을 것이다. 노트에는 사고 장소를 짐작한 기록이 남아 있었다. 목화는 인터넷 검색으로 당시 사고에 대한 짤막한 기사를 찾아냈다. 단신에는 정확한 사고 장소와 남자의 성씨, 나이가 적혀 있었다. 사고 장소에서 가까운 상급 종합 병원을 찾아봤다. 총 다섯 곳이었다. 그중 어딘가의 응급실로 남자는 이송되었을 테고, 기록이 남았을 것이다. 신복일과 장미수가 병원에서 일한 경험이 있으니 도움을 받으리라 짐작했다. 알아봐 달라는 목화의 요청에 장미수는 대답했다. 병원의 진료 기록 보존 의무 기간은 10년이야. 기록이 폐기됐을 가능성이 커.

목화는 알아야 했다. 루나처럼 살아난 사람들 모두가 자기를 목격했는지, 나무가 주는 목숨에 시한이 있는지. 죽은 사람들에게는 질문할 수 없으므로 살아남은 단 한 명들을 찾아내야 했다. 무사히 살아가고 있는지도 확인하고 싶었다. 정원이 그토록 추구하던 '고생한 보람'은 목화에게도 필요했다. 노트를 살펴보며 사람을 찾을 확률이 큰 중개를 신중하게 골랐다. 병원 응급실에서 사람을 살린 적이 있다. 각종 사건 사고로 응급실에 닿기도 전에 죽는 사람들, 응급실 침대에서 죽는 사람들을 바라보다가 목화는 한 여자의 과다 출혈을 막았다. 중개에서 깨어난 목화는 침대 시트에 인쇄된 병원 이름과 여자의 증상, 현장에서 들은 말 등을 두서없이 전했고 목수가 정리하여 기록했다. 10년이 안 된 일이므로 진료 기록이 남아 있을 것이다. 장미수는 지인의 지인을 통해 그날 목화가 구한 여자의 이름과 주소지를 알아봤다.

목화가 하려는 일에 미수는 회의적이었다. 그러나 냉소하진 않았다. 미수 또한 알고 싶은 바가 있었고, 점차 인정했던 것이다. 지시하는 존재가 다르다는 것. 목화 또한 자기와 다른 존재라는 것. 목화는 미수가 갖지 않은 의문을 가졌고 답을 구하려고 애썼다. 주어지는 일을 꾸역꾸역 해내는 것에서 나아가 자기가 하는 일의 의미를 찾으려고 했다. 이 일을 왜 계속해야 하는가에 자기만의 이유를 확보하려는 시도. 미수가 증오하거나 경멸하면서 버텼던 시간을 목화는 다른 방법으로 통과하고 있었다. 그저 나이 들어 일이 줄어들기를 기다리는 것보다는 나은 방법일까? 미수는 궁금했다. 목화가 어디까지 나아가고 무엇을 취할지. 그것을 위해서라면 불법이든 범죄든 남에게 비난받을 짓이든 무엇이든 할 수 있었다. 마침내 목화가 자유를 얻는다면 미수는 모두 용서하고 받아들일 작정이었다. 자기 운명을 비롯해서 금화의 운명까지.

여자의 주소지까지 가려면 기차를 세 번 갈아타야 했다. 네 시간 넘게 걸리는 거리였다. 여자가 이사했을 수도 있으므로 헛걸음이 될 가능성이 컸다. 그렇다면 헛걸음을 확인하고 싶었다. 목화는 자기가 만든 나무 수저 한 벌을 광목으로 감싸서 가방에 넣었다. 잠시 고민하다 어린이용으로 만든 작은 숟가락과 포크도 같이 넣었다. 가능하다면 선물하고 싶었다. 아마도 불가능하겠지. 그래도 일단 챙겼다.

여자를 만나러 가기 전날 같이 나무를 깎으며 목화는 끌 사장에게 자기가 겪는 일을 단편적으로, 남의 이야기 하듯 무심히 말했다. 끌 사장은 큰 의구심을 품지 않고 그래, 그럴 수 있지 대꾸하며 들었다. 사람들이 말을 안 하고 살아서 그렇지 세상에는 설명할 수 없는 일이 무척 많다는 말을 시작으로 끌 사장은 동생 이야기를 꺼냈다.

이건 또 다른 경우인데 내 동생이 무속인이야. 스물여섯 살 때인가, 계룡산에서 내림굿을 했어. 그 전까지는 고민이 참 많아 보였거든. 근데 내림굿 받자마자 아주 개운하고 살 것 같다면서, 자기 인생 찾았다면서 얼굴이 정말 밝아지더라고. 지금은 신점도 보고 굿도 하고 주역이든 타로든 가리지 않고 할 수 있는 건 다 해. 걔가 처음부터 주역이랑 타로를 알았던 게 아니거든. 필요하다 싶으면 공부를 엄청 열심히 하더라고. 왜, 우리도 그렇잖아. 연장이 다양할수록 편하잖아. 아주 특별한 사연 때문에 찾아오는 사람은 별로 없대. 거의 일상의 근심 걱정이지. 인간관계가 꼬였다거나 일이 뜻대로 안 된다거나 병원에서 고칠 수 없는 마음의 병이 있다거나. 사람이 들어올 때 동생 눈에 보이는 건 있대. 근심이 어떤 이미지나 기운처럼 그 사람한테 붙어 있는데, 근심처럼 해답도 같이 붙어 있다는 게 포인트야. 각자 자기 근심에서 빠져나갈 길도 같이 품고 있는데 당장 너무 힘들고 아프니까 나갈 길은 못 보고 지옥만 보는 거지. 그렇다고 내 동생이 곧바로 나갈 길을 말해주느냐. 그건 또 아니라는 거지. 바로 말해주면 효과가 없대. 이야기를 많이 나누어서 굳은 것을 풀고 막힌 것을 뚫어서 근심의 기운을 나갈 길보다 약하게 만들어줘야만 한대. 그래야 자기 힘으로 그 길을 걸어간다는 거야. 내 동생의 역할은 나갈 길 쪽으로 그 사람의 몸을 조금 돌려주는 거고. 그게 무슨 말이겠어. 내 동생이 그 사람을 구하는 게 아니고 자기가 자기를 구한다는 뜻이지. 누가 대신 살아주는 거 아니잖아. 암흑이든 미로든 스스로 통과하는 수밖에 없어. 믿지 않는 사람들한테는 아무 소용이 없대. 아주 고집스럽게 자기 불행만 들여다보는 사람들한테는 신점도 사주 풀이도 기도도 무용지

물이지. 듣고 싶은 말만 들으려고 하니까. 그들한테는 자기 불행이 노다지인 거야. 누구한테도 뺏기기 싫은 굉장한 보석인 거지. 왜냐면 내 불행만이 나를 위로하니까. 알아주니까. 가장 가까이서 나를 지켜주니까. 그러니까 내가 하고 싶은 말이 뭐냐면, 사람을 구한다는 것에 꼭 목숨을 구한다는 의미만 있는 건 아닌 듯하다는 거야. 살아도 귀신처럼 사는 사람이 있고 죽어서도 우리 곁에 있는 사람들이 있잖아. 내 동생이 하는 일이 뭐겠어. 신령에게 열심히 기도해서 산 사람을 살리는 일이거든. 근데 생각해 보면 참 이상한 말이지 않아?

　목화는 끌 사장의 마지막 말을 곱씹었다.
　산 사람을 살리는 일.
　끌 사장의 그 말은 목화의 몸을 나갈 길로 조금 돌려주었다.

첫 번째 기차에서 목화는 휴대폰 검색창에 '영혼'을 입력했다. '영혼'을 지우고 '넋'을, '넋'을 지우고 '정신'을 입력했다. 정의와 정의는 충돌하여 서로를 가짜로 만들었다. '정신'을 지우고 '정령'을, '정령'을 지우고 '죽음'을 입력했다. 목화와 함께 휴대폰을 들여다보던 목수가 헛웃음을 뱉어냈다. 죽음의 정의에 "죽는 일"이라고 적혀 있어서. 그다음에는 이런 문장이 있었다. "생물의 생명이 없어지는 현상을 이른다." 그 정의에는 작은 희망이 있었다. 목수가 물었다. 생명의 정의는 뭘까? 목화는 '생명'을 입력했다. "사람이 살아서 숨 쉬고 활동할 수 있게 하는 힘"이라는 문장이 가장 먼저 나왔다. 그러니까 죽음이란 '사람이 살아서 숨 쉬고 활동할 수 있게 하는 힘이 없어지는 현상'이었다. 그와 같은 정의에 목화는 미약한 온기를 느꼈다. 다만 그것이 없어질 뿐이다. 그것 아닌 것은 없어지지 않는다. '살아서 숨 쉬고 활동하는' 존재만이 사람은 아니다. 그 외의 더 많은 의미가 모여 사람을 이룬다.

두 번째 기차는 산속을 오래 달렸다. 잎을 떨어트리고 가벼워진 겨울나무가 창밖으로 빠르게 지나갔다. 잎을 버린다는 것은 광합성을 하지 않는다는 뜻. 겨울에는 나무가 저장하는 수분의 양도 절반으로 줄어든다. 나무는 모든 활동을 최소한으로 줄이고 쉰다. 겨울에 쉬어야 봄에 잎을 틔우고 꽃을 피울 수 있다. 열매를 맺고 퍼트릴 수 있다. 살아서 숨 쉬고 활동하는 상태만을 살아 있다고 말할 수는 없다. 그 외의 더 다양한 상태가 존재를 채우고 지킨다.

우주에서 '숨'이란 아주 희귀한 것. 숨을 쉰다는 건 쇠퇴와 죽음을 향해 나아간다는 뜻이다. 그러므로 신은 숨을 쉬지 않을 것이다. 미수의 책장에는 신화와 종교, 역사에 관한 책이 많았다. 목화 또한 미수처럼 그런 책에서 답을 찾으려고 한 적이 있다. 어느 책에서 읽은 신화를, 중개할 때 종종 떠올렸다. 한국과 일본, 몽골과 중국, 중앙아시아에서 전해지는 창세 신화였다. 지역마다 신의 이름이나 내용은 조금씩 달랐으나 공통으로 등장하는 요소들이 있었다. 형제의 내기를 통해 이승과 저승의 주인이 정해졌다는 것. 내기 중에 '꽃 먼저 피우기'가 있었다는 것. 제주도의 창세 신화에는 대별왕과 소별왕이라는 쌍둥이 형제가 등장한다. 인간 세상을 누가 다스릴지를 두고 대별왕과 소별왕은 내기를 한다. 소별왕은 대별왕을 속여서 내기에 이긴다. 동생의 속임수를 알고도 속아준 선한 형은 저승의 주인이 되고 이기심과 욕심으로 형을 속인 악한 동생은 이승의 주인이 된다. 그러므로 저승은 선하고 거짓 없이 맑은 곳. 이승은 거짓과 욕심과 이기심으로 탁한 곳. 그 신화에서 목화는 죽은 사람에 대한 산 사람의 사랑을 느꼈다. 당신이 죽어서 가는 그곳은 맑고 선한 곳이길 바라는 마음. 이곳에서 당신을 괴롭히던 경쟁과 이기심과 욕심에서 자유로워지길 바라는 기원. 대별왕의 저승은 마치 우주 같았다. 우주에는 이치와 균형만이 있다. 지구 대기권 밖의 우주에서는 인간이 만들어낸 쓰레기조차 쓰레기가 아니다. 먼지도 가스도 들끓는 불도 얼음도 빛도 어둠도 한없이 맑다. 그곳으로 가는 것이다. '살아서 숨 쉬고 활동하는 힘'이 사람의 세상에서는 중요하겠지만, 그 세상을 만들고 품은 우주에서는 아무것도 아니다. 정말 아무것도 아니다.

세 번째 기차를 타고 달리다 보니 창밖으로 바다가 보였다. 차갑고 깊은 바닷속에도 숲이 있을 거였다. 바다는 지구에서 가장 미지의 영역. 그곳에서라면 사람이 나무의 명령으로 단 한 명의 목숨을 연장하는 일이 비현실적인 일이 아닐 수도 있다. 목화는 때로 인간의 언어로 형성되는 사고를 깨끗이 잊고 싶었다. 인간의 시간, 숫자, 문자, 믿음에서 벗어나고 싶었다. 가시광선이나 진동수와는 차원이 다른 자극으로 이 세계를 감각하고 싶었다. 그러면 나무의 마음을 알 것 같았다. 하지만 그것에는 마음이 없을 수도 있다. 없다면 찾아서 뿌리째 뽑아버리면 그만이다. 있다면 이해해 보려고 애쓸 것이다. 이해하지 못하면 기도라도 할 것이다.

기도.
어쩌면 그 때문인지도 모른다.

오직 사람만이 다른 생명을 위해 기도한다. 신을 필요로 한다. 기적을 바란다. 먼저 떠난 존재가 너무 그리워 죽음 이후를 상상하고 이야기를 만들어낸다. 만약 신이 나타나 목화에게 우주의 기원을 알려준다면, 하지만 그것을 인간의 과학으로, 이를테면 슈뢰딩거 방정식이나 하이젠베르크의 행렬 역학을 사용하여 설명한다면 목화는 이해하지 못할 것이다. 만약 신이 나타나 스토리텔링으로, 이를테면 신화 같은 방식으로 우주의 기원을 설명한다면 목화는 신뢰하지 못할 것이다. 그러나 만약 신이 나타나 신금화에 대해서 말한다면 그 어떤 말이라도 목화는 믿을 것이다. 왜냐하면 신이 자진한 것이 아니라 목화의 기도가 신을 호출했으므로. 무슨 말이든 기꺼이 믿을 마음이 목화에게는 준비되어 있으니까.

해 질 무렵 기차에서 내렸다. 주소지는 기차역에서 멀지 않았다. 아파트 단지 입구에 서서 목수가 물었다. 어떻게 확인하지? 목화는 그저 앞장서 걸었다. 공동 현관에 다다라 세대 호출 버튼을 눌렀다. 연결음이 울리고, 누구세요, 묻는 소리. 목소리만 듣고도 목화는 자기가 찾으려는 그 사람임을 직감했다. 살아 있구나. 안도하며 목화는 얼굴을 카메라에 가까이했다. 살아날 때 자기를 봤다면 알아보리라 예상하면서. 다시 한번 누구세요, 묻는 음성 너머로 아이가 칭얼거리는 소리가 함께 들렸다. 목화는 목소리를 가다듬고 말했다.

혹시 신목화 씨 댁 아닌가요?

누구요?

신목화 씨요.

아닌데, 잘못 찾아오셨어요.

아, 죄송합니다.

스피커 꺼지는 소리가 들렸다. 목화는 확인했다. 그 사람은 살아 있고, 아이를 낳았고, 목화를 알아보지 못했다.

한 시간 뒤에 있는 기차를 타더라도 경유지에 도착하면 깊은 밤일 테고, 거기서 막차를 타더라도 어차피 그다음 경유지에서 탈 수 있는 기차는 없었다. 어디서든 하룻밤을 묵어야 했다. 숙소를 잡고 저녁을 먹으러 나오자 싸라기눈이 쏟아졌다. 근처 식당에 들어가 순두부찌개와 소주 한 병을 주문했다. 목화와 목수는 목재소의 나무 이야기, 주문 들어온 가구 이야기, 안하무인 손님 이야기를 나누면서 음식과 술을 천천히 비웠다.

그래도 끌 사장님이 톱 사장님 잘 챙기니까.

그러게. 나라면 화낼 것 같은 순간에도 웃더라.

언제?

얼마 전에 톱 사장님 현장 나갔을 때 자재 계산 잘못한 적 있잖아. 애시인데 착각하고 캄포로…….

아, 맞아. 그런 일 있었지. 근데 웃었다고?

응. 통화할 때 내가 옆에 있었거든. 그거 뭐 다시 계산하면 되지 하면서 웃더라고. 근데 정작 톱 사장님이 더 화를 내는 거야. 뭔지 알지?

자기 잘못에 자기가 먼저 화내는 거?

응. 이게 다 고객과의 신뢰와 연결이 되고…… 아, 너무 아마추어 같은 실수를 했다고. 프로페셔널해 보이지 않을 거라고. 우린 프론데. 그게 너무 열받는다고 엄청 화냈어. 그러니까 끌 사장님은 톱 사장님 달래고.

서로 탓하는 걸 한 번도 못 본 것 같아.

있잖아, 전에 끌 사장님이 말한 거. 나이 들면 제재소 있는 목천으로 들어갈 거라고.

지난가을 목화와 목수가 우드슬랩을 다듬고 있을 때였다. 옆에서 다반을 만들던 끌 사장이 넌지시 말했다. 톱이랑 나는 나이 더 들면 목천으로 아주 들어갈 생각이야. 창고 근처에 땅도 사놨어. 집 지어서 살려고. 목수가 물었다. 직접 지으시게요? 끌 사장이 당연하다는 듯 대꾸했다. 그럼, 평생 남의 집 만들면서 살았는데 우리 집은 우리가 지어야지. 목화가 물었다. 우리도 가서 도와도 돼요? 배우고 싶은

데. 끌 사장이 물었다. 왜, 너희도 나중에 집 지어서 살게? 목화가 대답했다. 그럼 좋을 것 같아서. 끌 사장이 웃으면서 말했다. 에이, 그냥 아파트 살아. 젊은 사람은 편의점이랑 대형 마트 가깝고 공원도 있는 도시 아파트에 사는 게 최고 야. 목수가 말했다. 근데 또 저희 부모님은 늙을수록 병원 가까운 큰 도시에서 살아야 한다고 하던데요. 세 사람은 집과 나이에 관한 농담과 걱정을 더 주고받았다. 아무튼 목천 들어가면 우리는 창고 관리만 할 계획이거든. 끌 사장이 하려던 말로 돌아갔다. 그럼 여기 목공소 일은 너희가 맡아서 할래? 나무는 계속 넣어줄 테니까. 우리는 한 5년 뒤쯤 생각하고 있어. 쌍둥이는 바로 대답하지 못했다. 끌 사장은 부담 주지 않으려는 듯 웃으며 말했다. 시간 많으니까 천천히 생각해 봐.

넌 어떻게 하고 싶어?

목수가 물었다.

이 일을 계속할 수 있으면 뭐든 좋지.

사실 목수에게는 목화의 대답이 별로 중요하지 않았다. 5년 뒤 목화가 어떤 선택을 하든 자기도 같이할 테니까.

식당을 나섰다. 눈은 그쳤고 뚜렷한 어둠. 두 사람은 해변을 향해 걸었다. 겨울 해변에 사람들이 있었다. 추위 속에서도 둘러앉아 맥주를 마시는 사람들, 밤하늘을 올려다보는 사람들, 손을 잡고 천천히 걷는 연인들은 행복해 보였다. 그들에게 밤바다는 낭만이었다. 느닷없이 내린 눈은 이벤트였다. 목화는 바다에서 죽은 사람들을 알았다. 숲에서 죽은 사람들도 알았다. 길에서, 건물에서, 강에서, 어느 곳이든. 목화는 언제나 죽음을 생각했다.

하지만.

목화는 오늘 단 한 명의 목소리를 들었다. 그의 삶 가까운 곳에 아주 잠깐 머물렀다. 그것은 여태 한 번도 경험해 보지 못한 느낌이었다. 위로라고 말할 수 있을까. 사람을 살릴 때는 그런 기분을 느낄 겨를이 없었다. 죽음에 파묻혀 있었기에, 너무 지쳤기에 사람을 살리고도 불행했다. 그런데 오늘 누군가의 연장된 삶이, 지속된 하루가, 누구세요? 하는 일상적인 물음이 목화의 마음에 깃들었다. 미수처럼 목화에게도 삶에 대한 경멸이 숨어 있었다. 그것이 못처럼 튀어나와 자기를 비롯한 주위 사람들을 다치게 할까 봐, 간신히, 간절히, 살얼음판을 걷듯 조심하고 또 조심했다. 삶과 죽음이 순식간에 나뉘었기 때문에, 누군가는 살았다고 기뻐하고 누군가는 죽었다고 울어서. 삶과 죽음을 나누지 않으려고 아무리 애를 써도 극단적 반응은 저절로 스며들어 의식을 지배했다. 기뻐하는 사람보다는 슬퍼하는 사람 편에서 생각할 수밖에 없었다. 삶과 죽음을 전혀 다른 세계라고 인식하다 보면 자연스럽게 무엇은 무엇보다 더 나은 것, 가치 있는 것이 되고 말았다. 무언가를 긍정하면 다른 것은 부정되었다.

하지만.

약을 씹어 먹고 침대에 누운 순간 루나는 살아 있었다고 말할 수 있을까? 바다 깊은 곳에는 밤하늘의 별처럼 빛을 내뿜는 심해어가 있다. 숲속 반딧불의 빛은 콜드 라이트, 열이 없는 빛이다. 고래는 바다에 살지만 아가미가 없다. 영혼과 육체를 어떻게 나누는가. 기억은 영혼인가? 눈빛은 육체인가? 여성과 남성이 섞인 사람이 있다. 어른도 아이도 아닌 사람이 있다. 일본인도 한국인도 아닌 사람이 있다. 연인도 친구도 아닌 사이가 있다. 결혼하고도 이혼한 사이처럼 사는 사람이 있고, 결혼하지 않았지만 결혼한 사이처럼 사는 사람이 있다. 비처럼 내리는 눈이, 밤과 새벽에 걸친 시간이, 봄도 여름도 아닌 시기가, 구름 한 점 없는 새파란 하늘에서 쏟아지는 빗물이 있다. 뒤섞인 존재가, 사이가, 현상이, 모호한 상태가 훨씬 많다. 실종된 금화는 목화의 꿈에 나타나 말했다. 이분법으로 나누면 편하지만 세상에는 그런 식으로는 설명할 수 없는 것이 더 많다고. 금화가 그런 존재였다. 목화와 목수도 그런 존재였다. 그리고 금화는 말했다. 너를 돕지는 못하지만 지켜주겠다고. 그 말을 수백 번 곱씹으며 목화는 희망과 가능성을 찾으려고 했다. 미로에 이정표를 세우고 싶었다. 금화 언니는 진실을 말했다. 여기 없는 사람이 나를 도울 수는 없다. 그러나 지켜줄 수 있다. 그 믿음은 내 안에 있다.

바다를 바라보며 조성된 소나무 숲에서 목화는 걸음을 멈췄다. 튼튼해 보이는 소나무 아래 쪼그리고 앉아 가방에서 광목으로 감싼 작은 숟가락과 포크를 꺼냈다. 돌을 이용해서 나무 아래 흙을 팠다. 숟가락과 포크를 구덩이에 넣고 흙을 덮은 뒤 발로 다졌다.

목화야. 돌아가면 나랑 같이 배 한 척 만들까?

나룻배?

응.

그래, 그러자.

그 배를 만들어서 어디에 띄우면 좋을까.

목화는 그 배가 누구를 위한 것인지 안다는 듯 망설임
없이 대답했다.

우리가 닿을 수 있는 가장 먼 바다에.

무더운 여름의 한가운데, 도심의 골목, 밤, 여자는 낯선 남자에게 습격당했다. 여자는 쓰러졌지만 의식을 잃지 않고 저항했다. 남자의 폭행이 이어졌다. 간절하게 기다리던 나무의 목소리가 들렸다. 목화는 그 남자에게 해를 가할 수 없었다. 남자의 목을 조를 수도, 남자에게 돌멩이 하나 던질 수도 없었다. 도망치는 남자를 쫓아갈 수도 없었다. 다만 다른 행인이 나타나 여자를 발견하고 구급대원을 부를 때까지 여자가 죽지 않도록 지킬 수 있었다. 그때 여자 옆에 휴대폰이 떨어져 있었다. 화면에 SNS 알람이 계속 떴다. 알람 상단에 적힌 아이디를 목화는 얼핏 봤다. November에 이어지는 숫자 네 개. 중개가 끝난 뒤 그것을 기억해 냈고, 목수는 기록했다. 그 사건은 뉴스에 짧게 보도되었다. 사건이 일어난 지역이 밝혀졌고 범인은 곧 잡혔다. 목화는 그 여자가 여전히 살아 있는지 확인하고 싶었다. SNS 계정을 만들어서 적어둔 아이디를 검색했다. 계정이 존재했다. 게시물과 동영상이 많았다. 여자는 고양이 두 마리의 집사였고, 주말에는 카페에서 커피를 마시며 책 한 권을 다 읽었고, 쿠키를 만들어서 선물했고, 매일 복싱을 했고, 친구와 유명한 식당을 찾아가서 맛있는 음식을 먹었고, 베트남 쌀국수를 좋아했고, 생일을 자축하며 클래식 공연장에 갔고, 좋아하는 가수의 콘서트 예매에 성공했고, 여행지의 숲과 바다와 시장을 즐겼다. 가장 최근 게시물은 두 시간 전. 해 질 녘 태양이 만든, 여자의 키보다 훨씬 기다랗게 드리운 그림자를 찍은 사진이었다. 여자는 살아 있었다.

　병원으로 이송되거나 병원에서 살아난 사람이 많았다. 미수와 복일의 도움으로 목화는 그중 몇 사람을 더 찾아갈 수 있었다. 어떤 사람은 자기가 신을 믿어서 구원받았다고 길거리에서 증언했다. 목화가 다가갔으나 그는 목화를 알아보지 못했다. 자기가 경험한 기적을 상세하게 쓴 종이를 건네며 그는 들뜬 목소리로 말했다. 저는 중부고속도로 버스 전복 사고에서 기적적으로 생존한 사람입니다. 저는 그때 성경 스터디 모임에 가고 있었습니다. 버스에서 그날 공부활 말씀을 읽고 있었죠. 하나님이 세상을 사랑하는 것과 독생자를 세상에 보내어 못 박히게 하심의 관계를 깊이 묵상하던 중이었어요. 버스가 충돌했고 나가떨어졌고 불이 났습니다. 그 찰나 저는 깨달았습니다. 진정한 사랑은 자신이 가장 사랑하는 것을, 때로는 자기 목숨까지 내어줄 때 이룩되고 완성된다는 말씀이로구나! 그 순간 거룩하시고 완전하신 주님은 저를 사랑하여 자기 것을 내주었습니다. 저는 그때 주님의 사랑과 목숨을 받고 되살아난 것입니다. 살아서 이렇게 주님의 깊은 뜻을 전하고 있는 제가 바로 그 말씀의 증거입니다. 그의 기이한 증언을 들으며 목화는 그를 구한 중개를 떠올렸다. 죽지 않는 신에게 목숨이란 무엇인가. 자신의 무한한 목숨을 특정인에게만 나눠 주는 것이 어떻게 사랑의 증거가 된단 말인가.

어떤 사람은 주말 봉사 활동을 하고 있었다. 독거노인의 집을 청소하고 수리하는 일이었다. 그 또한 목화를 알아보지 못했다. 바닷가 근처에 사는 단 한 명은 아침저녁으로 해변의 쓰레기를 주웠다. 그도 목화를 그냥 지나쳐 갔다. 누군가는 휴대폰으로 아내와 통화하며 큰 소리로 심한 욕을 했다. 오래 듣지 않아도 폭력적인 남편임을 알 수 있었다.

누군가는 고급 외제 차를 타고 비싼 건물의 가장 높은 층에 살고 있었다. 교도소에 복역 중인 사람도 있었다. 교수도 있었고 학생도 있었다. 요양원에서 지내는 노인도 있었고 이제 막 유치원에 입학한 아이도 있었다. 지하철과 버스에서, 마트와 영화관에서, 카페와 식당에서, 길을 걷다 만날 수 있는 평범한 단 한 명들. 모두 목화가 가까이 다가가도 알아보지 못했다. 루나는 확실히 특별한 사례였다. 나무의 목숨을 받은 이후에 다른 이유로 죽은 사람들도 없진 않았다. 나무가 주는 수명에 시한이 있는지 확인할 길은 없었다.

살아난 사람이 어떻게 살든 여전히 살아 있음을 확인하는 과정은 목화를 조금씩 다른 사람으로 만들었다. 그들이 거기 존재했기에 목화의 나갈 길은 조금씩 이어졌다. 지름길은 아니었다. 확인하지 않았다면 더 좋았을 삶도 있었다. 그럴 때 길은 굽었다. 가로막혔다. 미로처럼 맴돌았다. 그렇더라도 어쨌든 나아가는 길이었다. 목화는 멈추지 않았다. 단 한 명을 살리는 일을 거부하지 않았다. 할 수 있는 일을 했다. 왜냐하면 누군가에게는 목화 또한 죽음이 덜 억울할 사람, 누군가를 위해서 대신 죽어야 할 사람, 죽어도 상관없는 사람으로 보일 테니까. 목화는 타인의 삶과 죽음에 판단을 멈추었다. 그리고 중개 중에 이전에는 하지 않는 것을 했다. 마음을 다해 명복과 축복을 전하는 일. 죽어가는 사람과 살아난 사람의 미래를 기원하는 일. 그것은 나무의 일이 아니었다. 사람으로서 목화가 하는 일이었다. 나무의 지시가 아니었다. 목화의 자발적인 마음이었다.

완
전
한

사
람

흰 꽃이 흩날리는 봄. 나룻배를 만들기 위한 목재를 다듬던 날이었다. 밤 깊어 목화는 잠들었고 다시 죽음 앞에 섰다. 홀로 죽어가는 노인들이 보였다. 자신의 방 또는 요양원에서 숨을 다해가는 사람들. 장면이 모두 스쳐 가기도 전에 목화는 직감했다. 할머니가 여기 어딘가에 있을 것만 같다고. 그 직감을 기다렸다는 듯 임천자의 방이 나타났다. 임천자는 벽에 등을 기대고 앉아 창밖을 바라보고 있었다. 목화는 아이처럼 울며 말했다. 할머니, 조금만 기다려줘. 목화는 나무에게 호소했다. 우리 할머니에게 하루만 시간을 줘. 할머니의 삶을 너는 알잖아. 제발 우리에게 기회를 줘. 할머니가 혼자 떠나게 두지 마. 허공을 바라보며 나무 대신 임천자가 대답했다. 아니다, 목화야. 이건 내 복이다. 네가 나를 배웅하는구나. 모든 것을 예감하고 준비한 사람처럼 임천자는 옷을 단정히 하고 반듯하게 누워 가슴 위에 두 손을 포갰다. 임천자는 허공을 향해 말했다. 지금을 기다렸어. 수없이 연습했지. 사람을 살리던 그 모든 순간이 지금을 위한 연습이었을 거야. 목화는 임천자를 향해 손을 뻗었다. 손이라도 잡아주고 싶었다. 임천자는 눈을 감았다. 목화는 임천자를 끝까지 지켜봤다.

깨어나자마자 장미수에게 알렸다. 임천자의 집이 있는 서쪽 바닷가까지는 자동차를 타고 한 시간 삼십 분 정도 걸렸다. 정말 수없이 연습한 것처럼 현관문은 잠겨 있지 않았다. 집은 깨끗하게 치워져 있었다. 냉장고에 음식이 없었고 개수대에 설거짓거리가 없었으며 쓰레기통에 쓰레기가 없었다. 옷과 그릇과 살림은 최소한만 남아 있었다. 소량의 빨랫감이 바구니에 담겨 있었다. 벽에는 달력도 시계도 액자도 걸려 있지 않았다. 머리맡의 작은 탁자에는 집과 시신을 어떻게 처리할지 짤막하게 적은 종이 한 장만 있었다.

엄마가 마지막으로 남긴 말이 있느냐고 미수는 목화에게 물었다. "지금을 기다렸다"라는 말이 마지막 말이었을까? 그건 혼잣말에 가까웠다. 자식들에게 남길 만한 말이 아니었다. 그러나 목화는 그 말을 미수에게 전했다. 장미수는 표정을 일그러트리며 웃으려다가, 우리 임장군은 마지막까지 참 호탕하다고 웃으며 말하려다가 울었다. 바닥을 두 손으로 그러쥐며 통곡했다. 임천자는 목화가 자기를 지켜보고 있음을 알았다. 마지막으로 꼭 전하고 싶은 말을 남길 수 있었다. 그러나 미안하다거나 고맙다거나, 잘 지내라거나 사랑한다는 말조차 남기지 않고 떠났다. 장미수는 끝내 임천자와 화해할 수 없었다. 임천자는 장미수가 엄마를 계속 원망하고 미워하길 바랐다. 장미수에게는 그런 존재가 있어야 한다고 생각했다. 이승에서도 저승에서도 자신은 기꺼이 그 역할을 맡을 수 있었다. 아주 오랜 후에야 장미수가 깨닫게 될 임천자의 사랑이었다.

장례식 내내 화창하고 따뜻했다.

불 꺼진 목공소의 구석진 곳에 앉아 목화는 할머니의 삶을 생각했다.

100년을 넘게 살고 떠난 할머니.

할머니의 신은 무엇이었나.

할머니에게는 설명해 줄 엄마가 없었다. 훨씬 답답하고 무서웠을 것이다. 누구에게도 말하지 못하고, 말해도 믿어주는 사람 없이, 이 일의 기원을, 누구보다 가장 간절하게 알고 싶었을 것이다. 아니었을까. 처음부터 그저 받아들였을까. 할머니는 전쟁을 겪었다. 할머니가 젊었을 때는 지금보다 훨씬 끔찍하게 죽는 사람이 많았다. 살인, 납치, 강간, 기아, 집단 학살, 감금, 고문, 매장, 쌓아둔 시신, 사인을 밝히지 못한 죽음들, 억울한 죽음들. 할머니의 경험과 내 경험은 비교할 수 없을 만큼 다르다. 할머니는 어떻게 계속할 수 있었을까. 할머니는 고통이나 증오를 내비친 적이 없다. 사람을 살리는 일에 대해 먼저 말을 꺼낸 적도 없다. 순교자처럼 당신에게 주어진 일을 묵묵히 했다. 어떤 가르침이나 당부도 없이, 당신의 일에 대해, 자식에게 이어진 그 일에 대해 한마디도 남기지 않은 할머니의 마음을, 말할 수 없음을…… 목화는 이해할 것만 같았다.

불가능한 것이다. 인간의 언어로는.
말해버리면 아무것도 아닌 일이 되어버리는 것이다.
임천자는 말하지 않음으로써 목화에게 전했다.
스스로 구하라고.

사람을 죽이는 사람을 볼 때마다, 사람을 물건처럼 대하는 사람을 볼 때마다, 위험한 현장에 스페어타이어처럼 사람을 몰아넣는 사람을 볼 때마다, 사회적 참사로 죽은 사람들을 비웃고 비아냥거리는 사람들을 볼 때마다, 죽은 사람에게 책임을 묻는 사람을 볼 때마다 목화는 언젠가 본 액자 속 구절을 외웠다. 동일한 문장을 외웠으나 생각은 여러 차례 뒤집혔다.

처음에는 그분을 찾았다. 질문하고 책임을 묻기 위해서였다.

다음에는 악인과 불의한 자에 집중했다. 그분에게는 그들이 더 소중한 것 같았다.

한동안은 벌판의 곡식을 생각했다. 동일한 햇살과 비를 맞고도 크기가 다른 과실을 떠올렸다. 자연에는 목적도 책임도 없다는 장미수의 말을 되새겼다.

구절 앞뒤의 문장을 찾아보기도 했다.

원수를 사랑하여라.
너희를 박해하는 자들을 위하여 기도하여라.
사실 너희가 자기를 사랑하는 이들만 사랑한다면
무슨 상을 받겠느냐?

다음에는 이런 문장도 있었다.

그러므로 하늘의 너희 아버지께서 완전하신 것처럼
너희도 완전한 사람이 되어야 한다.

어려운 주문이었으나 납득할 수 있었다. 원수와 박해하는 자를 위해 기도하는 마음. 악인을 위해 기도하는 선인. 불의한 이를 위해 기도하는 의로운 이. 그러나 목화는 더 이상 이분법의 굴레에 갇혀 있지 않았으므로, 자신의 악한 마음을 위해 기도하는 선한 사람을 생각했다. 그분은 완전하다. 죽지 않으므로. 그분을 닮기 위해 기도하고 기도하여 완전한 사람이 된다고 해도 사람은 죽는다. 죽음의 반대말은 탄생 아닌가? 삶은 죽음과 탄생을 모두 담는 그릇이다. 죽음 없는 삶은 불완전하다.

이제 목화에게 그분의 마음은 중요하지 않다. 알 필요가 없다. 우주에 마음이 있는가? 그저 존재할 뿐이다. 목화는 선하면서 악한 사람을, 의롭고도 불의한 이를, 그러므로 완전한 사람을 생각한다.

그동안 목화는 줄곧 나무에게 질문했다. 대답은 없었다. 목화는 나무를 느꼈다. 나무의 목소리를 들었다. 지시를 따랐다. 그 나무는 어디에 있는가?

목화는 나무를 찾으려고 했다. 없애고 싶었다. 나무를 없애면 온전한 자기 의지로 자기만의 삶을 살 것 같았다. 그렇지만 나무는 정말 나무로서 존재하는가?

목화는 그 나무가 자기 숨통을 쥐었다고 생각했다. 사람을 구할 때도, 구토에 시달릴 때도 자기 수명이 줄어드는 것만 같았다. 스스로 사람을 구하는 순간에도 나무의 명령 때문이라고 믿었다. 그 나무는 대체 무엇인가?

나무에게 집중할수록 나무의 의미는 비대해졌다. 나무에게 호소할수록 나무의 힘은 강해졌다. 목화의 질문과 호소에 개의치 않고, 고통스러워하거나 안도하거나 상관없이, 악하든 선하든 관심 없이 나무는 영원히 거기 있다.

그 나무는 너무나도 오랜 세월 존재했다. 그동안 엄청나게 많은 생물이 나타났다가 멸종했고 진화했으나 도살되었다. 돌로 만든 무기로 동물을 사냥하고 무리 지어 이동하며 빠른 속도로 다른 생물을 몰살시키던 인류는 순식간에 핵폭탄과 우주선을 만들었다. 전쟁을 일으키고 서로를 학살하고 자연을 파괴했다. 그 모든 과정을 지켜봤다면 과연 인류라는 종을 돕고 싶을까. 살리고 싶을까. 나무가 주는 생명은 은총이 아닐 수도 있다. 삶이라는 고통을 주려는 것인지도. 그러나 삶은 고통이자 환희. 인류가 폭우라면 한 사람은 빗방울, 폭설의 눈송이, 해변의 모래알. 아무도 눈이나 비라고 부르지 않는 단 하나의 그것은, 보이지 않지만 분명 존재하는 그것은 금세 마르거나 녹아버린다. 순식간에 사라져버린다. 어쩌면 그저 알려주고 싶었을지도 모른다. 내가 너를 보고 있다고. 생명체라는 전체가 아니라, 인류라는 종이 아니라 오직 너라는 한 존재를 바라보고 있다고.

죽음을 바라보는 일을 거부하고 싶었다. 사람을 구하고도 죄책감을 느낄 수밖에 없었기에 피하고 싶었다. 구한 자가 악인 같을 때는 마치 한통속인 것처럼 괴로웠다. 중개 때문에 자기 삶을 온전히 살아가지 못한다고 생각했다. 그럴 때 목화를 지배하는 것은 나무였다. 나무의 명령이었다. 그러나 자기가 구한 사람들처럼 단 한 명인 목화는, 세상의 모든 사람처럼 오직 단 한 번의 삶을 살아가는 신목화는 임천자의 죽음과 장례를 지켜보며 마침내 운명을 수긍했다. 기꺼이 받아들였다. 목화가 인정하고 받아들인 이상, 온전히 자기 것으로 거둔 이상 이제 그것은 목화의 것이었다.

임천자의 단 한 명은 기적.
장미수의 단 한 명은 겨우.
신목화의 단 한 명은, 단 한 사람.

한 사람을 살리는 일이었다.

장례식 이후 장미수는 한동안 임천자의 집에 머물렀다. 정리할 것 없이 단출한 집을 매일 쓸고 닦았다. 금이 간 자리에 테이프만 붙여둔 유리창을 갈고 대문의 경첩에 기름칠을 했다. 마당의 풀을 뽑고 감나무 아래 비료를 뿌렸다. 작은 텃밭에 상추와 깻잎과 오이 모종을 심었다. 밤새 식혜를 만들어 차가운 유리병에 담아서 약식과 함께 이웃들에게 건네며 감사 인사를 전했다. 밤이 오면 임천자가 죽은 이불에 누워 창밖을 바라보다 잠들었다. 새벽에 눈을 뜨면 마당으로 나갔다. 마당의 감나무 아래에는 작은 평상이 있었다. 임천자는 새벽마다 평상 위에 깨끗한 물을 떠 놓고 기도했다. 임천자의 그 의식을 장미수는 알고 있었다. 장미수는 평상에 앉아 따뜻한 차를 마시며 여명을 바라봤다. 순식간에 밝아오는 하늘. 데워지는 대기. 화음을 쌓듯 더해지는 새소리. 장미수는 임천자가 오랫동안 머물렀던 공간을 바라보며 자기가 미처 모르고 지나친 것들과 모른 척하고 싶었던 것들과 몰라도 좋을 것들을 생각했다. 임천자는 집을 없애달라는 메모를 남겼다. 장미수는 그 집을 없애고 싶지 않았다.

상실 앞에서 슬픔은 마땅했다. 그것을 너무 오랫동안 미뤄왔다. 그래서 금화가 찾아왔는지도 모른다. 꼬맹이 쌍둥이가 걱정되기도 했겠지만, 그보다 더 큰 바람은, 이제 마땅한 슬픔으로 나를 기억해 줘. 기약 없는 희망으로 나를 외롭게 두지 마. 죽음은 사라짐. 말도 안 되는 죽음은, 느닷없는 죽음은, 쓰러진 나무에 깔린 사람이 갑자기 사라져버리는 경우가 아니더라도, 얼마든지 많다. 바로 그런 죽음을 숱하게 지켜보면서도 목화는 오랜 세월 금화의 죽음을 받아들일 수가 없었다. 너무 가까이 있었기 때문이다. 대신 죽겠다고 기도했기 때문이다. 사랑하기 때문이다.

목화와 목수는 나룻배를 완성했다. 어른 한 명이 누워 쉬기에 알맞은 크기였다. 배를 완성한 다음 날 목화와 목수는 장미수와 신복일에게 금화의 기일을 정해달라고 말했다. 금화 언니를 정식으로 추모할 날이 이제 우리에겐 필요하다는 말을 덧붙이면서. 장미수와 신복일은 생각해 보겠다고 대답했다. 그들은 여전히 신금화를 기다리고 있었다. 그 마음을 훼손하고 싶지 않았으므로 부모의 기다림을 쌍둥이는 기다릴 수 있었다. 언제라도 기일을 정해준다면 금화 언니를 위한 나룻배를 제주의 남쪽 바다에 띄울 것이다.

일상은 반복되고 중개는 지속되었다. 목화는 여전히 나무를 느꼈고 나무의 소리를 들었다. 목화는 나무가 지시하는 대로 움직였다. 그러나 그뿐이었다. 목화는 더 이상 나무에게 질문하지 않았다. 자신에게 질문했다. 산 사람을 살리는 것. 그것은 이제 목화가 원하는 일이었다.

가을이 깊어질 무렵 함께 저녁을 먹다가 장미수가 목화에게 물었다.

이제는 찾아보지 않아?

단 한 명들의 안부가 더는 궁금하지 않으냐는 질문이었다. 목화는 대답했다.

지금은 괜찮아. 언젠가 다시 궁금해질 날이 오겠지만.

그러니까 지금은…… 괜찮은 거구나.

그렇게 묻는 장미수의 눈빛에는 다양한 감정이 담겨 있

었다. 목화는 대답했다.

응, 난 괜찮아, 엄마.

장미수는 천천히 고개를 끄덕였다. 옆에 앉은 복일이 미수의 손을 지그시 잡았다가 놓았다. 장미수는 마음을 다 잡고 다시 말을 이었다.

할머니 집 말이야. 거기서 목공소까지 얼마나 걸릴까?

목수가 대답했다.

글쎄, 운전하면 한 시간 정도?

미수가 물었다.

그 정도면 출퇴근할 만한 거리지?

목화와 목수가 의아한 눈빛으로 장미수를 바라봤다.

너희가 거길 고쳐서 살아볼 생각 없어?

할머니는 그 집 없애라고 했잖아.

그럼 없애고 너희가 그 땅 위에 새 집을 지어.

……그걸 할머니가 원할까?

할머니가 원한 건 당신의 흔적을 남기지 않는 거였어.

미수의 목소리에는 확신이 깃들어 있었다.

복일이 상황을 정리하듯 말했다.

이제 그만 독립하라는 소리야. 나가서 너희가 원하는 삶을 살아.

내가 원하는 삶.

목화는 생각했다.

그건 바로 지금의 삶.

목화는 원하는 삶 속에 있었다. 다시, 목화는 생각했다.

내가 원하는 죽음.

임천자가 수없이 연습한 것처럼 신목화도 매일 준비하고 싶었다. 멀리서 죽음의 실루엣이 보이고 차차 선명해질 때, 당황하지 않고 의젓하게 그를 맞이할 수 있도록. 마음 깊이 그리워한 친구를 만난 듯 진심 어린 포옹을 해도 좋을 것이다. 그럼 육신에 편안한 표정을 남길 수 있겠지. 되살리지 않아도 좋을 죽음 또한 많이 목격했다. 목화는 그들의 마지막을 기억했으며 그와 같은 죽음을 원했다. 그러므로 남김없이 슬퍼할 것이다. 마음껏 그리워할 것이다. 사소한 기쁨을 누릴 것이다. 후회 없이 사랑할 것이다. 그것은 목화가 원하는 삶. 둘이었다가 하나가 된 나무처럼 삶과 죽음 또한 나눌 수 없었다.

목화의 일

중개에서 깨어난 목화는 벽에 등을 기대고 앉았다. 오늘의 중개는 자세하게 기록해 둘 필요가 있다고 생각하며 본 것들을 곱씹는 중에 휴대폰 화면이 밝게 빛났다. 화면에 루나 이름이 떴다. 새벽 5시 가까운 시간이었다. 다시 그런 충동이 들면 꼭 목화에게 먼저 전화하겠다고 약속한 이후 루나는 그와 같은 일로 전화한 적 없었다. 명절이나 가족의 생일이면 모여서 다 같이 밥을 먹었지만 가족 중 누구도 그날의 일을 언급하지 않았다. 목화와 비밀을 공유했다는 생각 때문인지 루나는 다른 가족에게는 낯을 가리면서도 목화의 물음에는 곧잘 대꾸했고 먼저 농담을 건네기도 했다. 루나는 이제 고등학교 입학을 앞두고 있었다.

이모, 잤어?

루나의 목소리가 생생한 편이어서 목화는 조금 안심했다.

아니, 안 잤어. 깨어 있었어.

그럼 오늘도 사람을 구했어?

목화는 휴대폰을 잠시 귀에서 떼고 숨을 크게 내쉬며 호흡을 가다듬은 뒤 그렇다고 대답했다. 이번에는 어떤 상황이었느냐고 루나가 물었다. 음주 운전과 뺑소니가 뒤섞인 현장이었다고 목화는 말했다. 대개 늦은 밤의 일이었지만 아침과 낮의 사고도 있었다고. 이른 아침에 사고를 당한 교복 입은 학생을 구했다고 이어 말했다.

범인은 어떻게 됐어?

도망갔어. 하지만 근처에 CCTV가 많았고 혹시 몰라서 이모가 차량 번호도 기억해 뒀어.

아, 그럴 땐 차량 번호를 기억해야 하는구나. 주변에 CCTV가 있는지도 확인하고…….

루나는 목화의 말을 곱씹어 중얼거렸다. 괜한 말을 덧붙인 것 같다고 목화는 잠깐 후회했다.

넌 왜 이렇게 일찍 일어났어?

그게 아니라 잠을 못 잤어.

왜, 무슨 걱정 있어?

왜냐면…… 근데 이모, 이건 우리 엄마한테 절대 비밀이야.

약속을 지킬 수 있을까 염려되었지만 일단 루나의 말을 듣는 것이 중요하다는 생각으로 목화는 알겠다고 대답했다. 루나가 속삭이듯 말했다.

있잖아, 나도 오늘 이모처럼 사람을 구했거든.

사람을 구했다고? 어떻게?

이모처럼 나도 그랬다고. 꿈도 현실도 아닌 상태에서 한 사람을 구하는 거.

꿈을…… 꿨다고?

루나는 답답하다는 듯 대꾸했다.

왜 그래, 이모. 꿈이 아니라는 걸 가장 잘 알면서.

정신이 번쩍 들었다. 혹시 루나가 나를 놀리나? 제발 그렇길. 나를 괴롭히기 위해 짓궂은 농담을 던지는 것이길.

나, 이모가 어떤 기분인지 알 것 같아.

루나가 목소리를 낮춰 말했다.

이모가 얼마나 힘들었는지 이제 너무 잘 알겠어.

루나야. 무슨 소릴 하는 거야.

목화는 자기도 모르게 무릎을 꿇으며 말했다.

넌 이 일을 할 수 없어. 이건 내 자식에게 내려갈 일이고 넌…….

루나가 침착하게 물었다. 이모는 아이를 낳을 거야? 목화는 아니, 아니라고 다급히 대답했다. 루나와 자기가 대체 무슨 대화를 나누고 있는지 현실감이 들지 않았다. 당황하지 말자고 생각하면서 목화는 문을 쳐다봤다. 목수는 잘까? 목수가 이 이야기를 같이 들으면 좋겠는데. 목화는 엉거주춤 일어나 문을 향해 걸어갔다.

그래서 나인 것 같아.

고민을 끝내고 답을 얻은 사람처럼 루나의 목소리는 담담했다.

내가 아이를 낳지 않을 걸 미리 알고 너한테 그 일을 맡겼다고?

그렇게 물으면서 문을 열었다. 목수의 방 앞에 서서 이어 말했다.

그럴 순 없어 루나야. 그런 일이 일어나선 안 돼.

문을 열고 나온 목수가 입 모양만으로 물었다. 무슨 일이야. 목화는 자리에 주저앉았다. 아주 오랜만에 나무에 대한 적개심에 사로잡혔다. 나를 응징하는 걸까? 자유로운 나를 두고 볼 수만은 없어서? 루나의 말이 사실이라면 목화는 다시 싸울 수밖에 없다. 어떻게든 나무를 찾아내 베어버릴 수밖에 없다. 그 일에 평생을 던질 수밖에 없다.

괜찮아, 이모. 내가 원한 일이니까.

목화는 루나의 말을 도무지 이해할 수 없었다.

내가 매일 기도했거든. 나도 그 일을 하게 해달라고.

……기도를 ……누구한테?

세상의 모든 신에게. 나를 제발 도와달라고.

모든 신?

응. 모오든 신에게. 정말 열심히 기도했거든. 세상의 아주 많은 신 중 하나가 내 기도를 들은 것 아닐까?

숨소리를 죽인 채 귀를 기울이는 목수를 보며 목화는 점차 침착해졌다. 루나의 말이 거짓이길 바라지만, 그런 식으로 자기 말을 믿지 않으리라 짐작되는 사람들 속에서 목화는 충분히 외로운 시간을 보냈다. 목화는 루나를 믿어야 했다.

그럼, 루나야. 오늘이 처음이야?

아니, 세 번째. 처음엔 좀 당황했는데 이모한테 들은 말이 있으니까 금방 알아챘어.

깨어난 뒤엔 괜찮았어? 몸은 어땠어? 학교에서 힘들지 않았어?

지금 방학이잖아. 낮에 실컷 잤어.

정말 괜찮은 거 맞아?

응. 사실 처음엔 무슨 상황인지 알면서도 잘 믿기지가 않으니까 이모한테 말할까 말까 고민했거든. 근데 오늘 확신했어. 나도 이모처럼 그 일을 하게 된 거라고.

루나는 세상의 모든 신에게 기도했다. 이모의 그 일을 하고 싶다고. 자기를 도와달라고. 루나는 대체 무엇으로부터 구해져야 했던 걸까.

근데 이모, 생각해 보면 기도하고는 상관없이 어차피 나뿐이야.

응?

그렇잖아. 우리 집엔 나밖에 없어. 이모는 자식을 낳을 리가 없지. 월화 이모도 자식이 없지. 삼촌도 뭐 딱히…….

루나야, 제발. 이건 그렇게 생각할 일이 아니야.

어차피 누군가는 해야 할 일이잖아.

아니야. 하지 않을 수도 있어.

하지만 이미 일어난 일인걸.

다시 심장이 내려앉았다. 이미 일어난 일이다. 돌이킬 수 없다. 그렇다면 일어날 일이 일어난 걸까? 그래서 예외를 만들었던가? 너무 잔인하다고 목화는 생각했다. 두 번째 중개 뒤 꿈이 아님을 깨닫고 울며 엄마를 찾았을 때, 나를 바라보던 엄마의 마음이 지금과 같았을까? 목화는 절망을 감추지 않고 말했다.

이제부터 삶이 완전히 달라질 텐데, 루나야, 이건 정말 너에게 일어날 일이 아닌데.

그렇게 나쁘게만 말하지 마, 이모. 그럼 내가 너무⋯⋯ 불쌍해지잖아.

루나의 말투에 서운함이 묻어 있었다. 목화는 계속 엄마를 떠올렸다. 목화 또한 자기도 모르는 사이 앞으로 루나 삶이 힘들어질 거라고만 생각했다. 불행을 예견했다.

그래도 나는 이모한테 말할 수 있어서 좋은데.

루나가 전화를 끊을까 봐 목화는 급히 대답했다.

응. 그래, 루나야. 나한테는 다 말해도 돼.

진짜? 그럼 물어볼 게 있는데 이모의 그 나무는 빼곡한 숲의 작은 나무라고 했잖아.

그렇다고 대답하며 목화는 다시 생생하게 나무를 느꼈다. 나무가 내뿜는 강렬한 기운을.

내 나무는 그렇지 않았거든.

루나가 말을 이었다.

내 나무는 돌 사이에 있었어. 암벽 같은 꼭대기에 혼자였어.

루나는 그것의 감정을 고스란히 느끼듯 중얼거렸다.

외로워 보였어.

루나의 말투에 적개심이나 두려움은 전혀 없었다. 이미

마음을 나눈 것만 같았다.

도와주고 싶었어.

모두 다르다. 각자의 신이 있는 것이다. 루나의 의지가 아닐 수도 있지만, 철저한 계획에 따라 운명이 주어지는 것일 수도 있지만, 언젠가 루나는 기도를 후회할 수도 있겠지만 지금까지와 다르게 이번에는 루나가 원했다. 원하는 바를 구했다.

아무튼 이모의 나무와 내 나무는 다른 나무가 맞지?

언젠가 목화는 바란 적 있다. 살아본 뒤 깨달을 진실이 부디 엄마와 같은 내용은 아니기를. 먼저 겪은 사람으로서 루나에게 어떤 조언을 해줄 수 있다면, 목화만이 할 수 있는 말이 있다면 그건 절대 체념이나 허무만은 아니었다. 비극이나 냉소도 아니었다.

힘들더라도 난 좋은 일을 하는 거라고 생각할 거야.

루나의 목소리에서 긍지가 느껴졌다.

어쨌든 사람을 살리는 일이니까.

그러나 목화는 먼저 말하지 않을 것이다. 루나의 마음에는 루나의 신이 있다. 그리고 나갈 길 또한 있다. 목화는 루나의 말을 긍정하며 들었다. 그것이 지금부터 시작될 목화의 일이었다.

에필로그

- 네팔 구룽족의 옛이야기와 창세 신화는 조현설의 《신화의 언어》(한 겨레출판, 2020)를 참고했다.
- 홍칼리 인터뷰집 《무당을 만나러 갑니다》(한겨레출판, 2022)를 읽은 뒤 끌 사장의 동생 이야기를 썼다.
- 나무에 관해서는 《식물, 세계를 모험하다》(스테파노 만쿠소, 임희연 옮 김, 더숲, 2020), 《나무 다시 보기를 권함》(페터 볼레벤, 강영옥 옮김, 더숲, 2019), 《숲에서 우주를 보다》(데이비드 조지 해스컬, 노승영 옮김, 에이도 스, 2014), 《한국의 나무》(김태영, 김진석 지음, 돌베개, 2018) 등에서 도 움을 얻었다.

열일곱 살부터 나에게는 나무 친구가 있었습니다. 첫 친구는 다른 가로수보다 줄기는 가늘고 키가 작았던 은행나무. 학교에 가려고 버스를 기다릴 때마다 그 나무 옆에 서서 마음으로 이야기를 건넸어요. 보통 시시한 이야기였지만 때로는 아무에게도 말할 수 없는 비밀을 털어놓기도 했습니다. 집에서 식물 영양제를 가지고 나와 밑동에 꽂아주기도 했습니다. 그 나무는 잘 있을까요. 사람이 뽑거나 베어내지 않았다면 아마 키가 많이 자랐겠지요.

나무 친구는 학교에도 있었습니다. 교실 창과 복도 창에서 각각 볼 수 있었던 나무들. 꽤 멀리 있는 그들에게도 매일 마음으로 말을 걸었습니다. 바람이 불어 나뭇잎끼리 부딪치는 모양은 마치 손뼉을 치는 것처럼 보였어요. 그때 그들에게 건넨 말이란 대개 슬프거나 속상한 내용이었고,

그들은 나를 향해 힘껏 박수를 보냈습니다.

어른이 된 다음에도 자주 오가는 산책길이나 버스정류장, 주기적으로 들르는 장소마다 나무 친구를 두었습니다. 눈길이 머무는 나무는 늘 있었고 마음을 털어놓을 수밖에 없었습니다. 나무는 늘 거기 있으니까요. 내 얘기만 하는 게 미안해서 가끔은 물었습니다. 넌 언제부터 이곳에 있었어? 여기서 자주 만나는 사람이 있어? 어떤 풍경을 가장 좋아해? 물론 나무는 대답이 없었습니다. 나무의 나이가 궁금해서 줄기나 수관을 유심히 살펴본 적도 있지만 아무것도 알아내지 못했습니다.

제주로 거처를 옮긴 뒤에도 매일 저녁 산책을 했습니다. 친구를 만날 수밖에 없었지요. 당시 산책길에 팽나무(제주에서는 '폭낭' 또는 '퐁낭'이라고 부릅니다) 군락지가 있었습니다. 나무 근처에는 사람이 만든 안내판이 있었고, 나무들의 수령이 적혀 있었습니다. 수령은 대개 300년이 넘었습니다. 300년 동안 나무는 그곳에서…… 다 봤을 겁니다. 인간의 어리석음을, 악행을, 나약함을, 순수함을, 서로를 돕고 아끼는 모습을, 사랑하고 기도하다 어느 날 문득 사라져버리는 찰나의 삶을.

이 소설은 그렇게 시작되었다고 말할 수 있을까요. 영주와 서울, 대전과 천안의 나무 친구들은 잘 지내고 있겠지요.

나무를 알고 싶어서 이런저런 책과 인터넷 정보를 찾아봤습니다. 하지만 나는 여전히 나무를 모릅니다. 나무를 보면서도 사람을 생각했습니다. 정확히 말하자면 '나'를 생각했습니다. 생각할수록 어둡고 축축해져서 그만두고 싶었습니다. 계속해서 땅을 파는 기분이었습니다. 줄기처럼, 잎처럼, 햇살을 받으며 하늘 높이 오르고 싶었던 건 아니었어요. 그러나 뿌리처럼 더욱 깊은 곳으로 나아가고 싶지도 않았습니다. 무엇을 원하는지도 모르고 매일 글을 썼습니다.

10여 년간 붙들고 지낸 여러 질문이 있습니다. 반복적으로 쓴 문장과 단어가 있습니다. 소설을 쓰면서 답을 찾고 싶었습니다. 답을 찾지는 못했습니다. 이제 겨우 질문을 이해했을 뿐입니다. 내가 계속 묻던 것은 알고 싶지 않은 것이었어요. 모른 채 살고 싶은 것. 답을 알게 될까 두렵습니다. 풀지 못한 문제로 남겨두고 다른 질문으로 나아가고 싶습니다.

다른 질문. 그것이 가능할까요. 가까스로 사람에 불과

한 내가. 글을 쓸수록 강렬하게 인지합니다. 한 번뿐인 삶, 다시없을 오늘을.

소설의 막바지에 이르렀을 때는 여름이 시작되고 있었어요. 파란 하늘에서 느닷없이 쏟아지는 소나기. 언젠가 사라져버릴 당신과 나를 영원히 사랑하기 위해 이 소설을 썼습니다.

오래 미룬 약속을 기다려준 한겨레출판에게 감사드립니다. 세심하고 다정한 담당자, 든든한 울타리로 함께해준 최해경 님에게도 감사드립니다. 그리고 이 문장을 바라보는 당신에게 내 마음을 전해요. 지금 내 마음에는 광활한 하늘과 드넓은 바다, 거센 바람을 타는 새, 비바람에도 한자리에서 다만 흔들리는 나무가 있습니다. 단 한 사람, 당신이 있습니다. 이 마음을 지키며 언제고 당도할 안부를 기다리겠습니다.

2023년 첫가을, 제주 서쪽 바다에서
최진영

단 한 사람

ⓒ 최진영 2023

초판 1쇄 발행 2023년 9월 30일
초판 18쇄 발행 2024년 4월 30일

지은이 최진영
펴낸이 이상훈
문학팀 최해경 김다인
마케팅 김한성 조재성 박신영 김효진 김애린 오민정

펴낸곳 ㈜한겨레엔 www.hanibook.co.kr
등록 2006년 1월 4일 제313-2006-00003호
주소 서울시 마포구 창전로 70 (신수동) 화수목빌딩 5층
전화 02-6383-1602~3 **팩스** 02-6383-1610
대표메일 munhak@hanien.co.kr

ISBN 979-11-6040-575-0   03810